王弟殿下の求婚から逃げられない

～過度な溺愛はお断りいたします～

★

舞 姫美
Mai Himemi

NIGHT STAR BOOKS

イラスト／御子柴リョウ

【序章】

「愛しているよ、僕の可愛いレーナ。君は僕の天使で、僕の一番大事な宝物だ」

それが彼の——ヴァルタルの口癖だった。

ヴァルタル・ノルデンフェルト。九歳年上の少年で、生まれてすぐに捨てられたレーナを拾い、この田舎領地に在るミルヴェーデン孤児院に預けてくれた人だ。

ヴァルタルはそれを機に、それまで遠巻きに見守っていた院にレーナの教育役として積極的にかかわるようになった。院長のヘルマンは屋敷に籠ってばかりだった彼のこの変化を、とても喜んで受け入れたという。

ヴァルタルの背景を知る者は、この領地にはほとんどいない。領主・ノルデンフェルト伯爵家ゆかりの者としか知らされず、村はずれの大きな屋敷に、数人の使用人とともにひっそりと暮らしていた。

艶やかな黒髪は光が当たると深い藍色にも見えて美しかったが、前髪が瞳を隠すほどに長い。その下には宝石のように美しいエメラルドグリーンの瞳が隠されているが、それを見られる者は少なかった。

完璧なかたちをした顎（あご）と頬のライン、感情を一切見せない真一文字に引き結ばれた唇が、まるで陶器の人形のような印象を与える。

見目麗しいが何を考えているのかわからず、近寄りがたい。子供らしくなく、可愛げがない。そんな言葉を大人たちは密かに交わし合う。

それが腹立たしく、悲しく思ったこともある。だが結局はどうでもよくなった。彼の本当の優しさを知るのは、自分だけでいい。

レーナが名を呼ぶと、引き結ばれたままだった唇は優しい微笑を浮かべ、長い前髪の奥に隠された綺麗（きれい）な目はとても嬉しそうに細められた。手を伸ばせばすぐに抱き上げ、髪や頬にくちづけてくれた。

優しく温かいくちづけは、言葉にしなくとも溢（あふ）れんばかりの愛情を伝えてくれる。だが彼は自分には言葉を惜しまなかった。

「愛しているよ、僕の可愛いレーナ。君は僕の天使で、僕の一番大事な宝物だ」

ヴァルタルはレーナを介して、院の他の子供たちともそれなりに打ち解けるようになった。レーナへの溺愛っぷりは院の中でも外でも有名で、彼にとってそういう存在になれたことが誇らしかった。

「私も、ヴァルタルさまを愛しています！」

愛が何たるものかをまだわかっていなかったが、彼に応（こた）えたい一心で、レーナは同じ言葉をおうむ返しのように繰り返した。ヴァルタルはそのたびに嬉しそうに笑ってくれた。

親がいない寂(さび)しさも孤児だからと蔑(さげす)まれる悔しさも、将来の選択肢が少ない辛(つら)さも、ヴァルタルがいてくれたから乗り越えられた。早く一人前になり、彼が一番頼りにする使用人になって、ずっと傍(そば)で彼の世話をする。それがレーナの夢になった。

だがその夢は、六年前――レーナが十二歳のときに潰(つい)えた。ヴァルタルが馬車の事故で死んでしまったのだ。

遺体は損傷がひどくとても見せられる状態ではなかったらしく、ヴァルタルの親族にすぐに引き取られてしまった。レーナたちは空(から)の棺(ひつぎ)でお別れをするしかなかった。

――ヴァルタルはもう、この世界のどこにもいない。

すぐには信じられず、レーナは「悪かった」と謝って彼が帰ってきてくれるのを待った。だがどれだけ待ってもヴァルタルは帰ってこなかった。

幼い心は悲しみに耐えきれず、彼のもとへ行きたいと願うようになった。毎日、何もする気が起きない。食欲は湧かず、何とか口にしたものも嘔吐(おうと)してしまう。

弱っていくレーナをヘルマンたちはとても心配してくれた。彼らに申し訳ないと思っても、ヴァルタルのいない世界があまりにも悲しくて、やりきれなかった。

そんな無気力な日々を数か月過ごしたある夜、ヴァルタルが現れた。

月の綺麗な夜だった。自室の扉を叩く音にぼんやりと振り返る。誰かが心配し、また様子を見に来てくれたのだろう。だが床に座ってベッドにもたれかかったまま、動く気も湧かなかった。

少しすると扉が開いた。そこに、ヴァルタルがいた。

驚き信じられず、身を強張（こわば）らせた。名を呼んだら消えてしまうような気がし、大きく目を瞠（みは）ったまま唇を真一文字に引き結んだ。

ヴァルタルは少し困ったように微苦笑して、言った。

「僕の愛（いと）しいレーナ。神様にお願いして、今夜だけ君のところに来させてもらった」

魂となってもヴァルタルが会いに来てくれたことが嬉しかった。

大声で泣き、抱きしめてくれる身体に縋（すが）りついて、私も一緒に行きたいと頼んだ。痛いほど腕に力を込めて抱きしめ返してくれたヴァルタルは、それは絶対にできないと言った。

「今はまだ僕の力が足りなくて、君を連れていけない。でももし、僕のお願いを聞いてくれるのならば……どうか僕が迎えに来るまで待っていて欲しい。必ず君を迎えに来る。そうしたら僕の妻になって欲しい。だからそのときまでどうか元気に、君らしく生きて欲しい」

溢れる涙を唇で吸い取って、ヴァルタルが言い聞かせた。

自分が死ぬとき、彼が迎えに来てくれる。それはとても幸福な迎えだ。天国で、ヴァルタルはレーナを妻にしてくれる。それはとても甘美な誓約だ。

そして天国で、ずっと一緒にいられるのだ。

頷（うなず）くとヴァルタルは満面の笑みを浮かべ、約束の証（あかし）として大ぶりのロケットペンダントをくれた。中には見たことのない白い花の押し花が収められていた。

「愛している、僕のレーナ。ときが来たら、必ず迎えに来る。だからそれまで僕を待っていてくれ。僕の大好きな、元気で明るいレーナのままで」

その夜、彼の死を嘆くだけの涙はもう二度と流さないと己に誓った。次に彼のことで泣くのは嬉し泣きだと決めた。

彼にもう一度会う、その日に。

【第一章】

収穫祭の浮ついた空気は村全体に広がり、あちこち賑(にぎ)やかだ。様々な露店や屋台が出店し、旅芸人が道端で芸を披露している。食欲を刺激するいい匂いも漂っていた。

今年の実りに感謝し来年の豊作を祈る祭りには、堅苦しい儀式めいたものはない。村長が村人の働きに感謝の意を示したあとは、飲めや歌えやの大騒ぎとなる。村人総出で炊き出しをし、料理が振る舞われる。村長や領主の寄付で村にやってくる行商人もいた。

孤児院では毎回、子供たちと一緒に焼き菓子を作り、それを振る舞うのが伝統になっていた。院の子供たちは午前中は店の手伝いをして、午後は自由に過ごす。

ミルヴェーデン孤児院は院長・ヘルマンの意向により、教育に重きを置いている。特に、商業算式を重点的に教えていた。収穫祭に出店するのも、その勉強の一環としているからだ。おかげで養子縁組に恵まれず、規定年齢に達して院を出ることになった子供たちも、他の孤児院出身の子よりいい職に就く者が多い。

レーナも貴族の使用人にすぐなれるほどの教養を身に着けている。だが院を出ることは考えていなかった。養子縁組に恵まれなかったからこそ、この孤児院を潰さないよう尽力したい。

そしていつかヘルマンの跡を継ぎたいと、勉強に邁進している。

子供たちを祭りに送り出してしまったため、午後の店番はレーナだけだ。院に職員は二人いるが、彼らは収穫祭で浮足立っている子供たちから目を離さないことだけで精一杯だ。午前中で用意していた手作り菓子はあらかたはけたので、比較的のんびりと店番をしている。

そんなレーナに声をかけてきたのは顔なじみの村の若者で、会えばそれなりに世間話をするカールだった。

「よ、レーナ。今年も盛況だったな。店を片付けたら一緒に祭りを回らないか？　夕方からが大人の祭りの本番だぜ！」

明るい口調で誘われ、レーナは笑いながら断る。

「誘ってくれてありがとう。でもお祭りを一緒に回りたい男の人は、私にとっては一人だけなの。ごめんなさい」

カールが頬を引きしめた。見返す瞳には、哀れみの色が浮かんでいる。

「ヴァルタルさまのことか……？」

レーナは無言で微笑み返した。

――ヴァルタルを異性として自覚したのは、彼が事故死する少し前のことだった。

偶然、ヴァルタルが村の娘と話しているのを目撃した。いつも通り、必要最低限のことしか口にせず、視線も合わせないやり取りだったが、娘はめげずに彼からいつも以上の会話を引き出そうとしていた。

素っ気ない様子に必死に食らいつこうとしていたせいか、娘が軽くつまずき、ヴァルタルが反射的に彼女を抱き留めた。

それだけの触れ合いだ。けれど彼に自分以外の者が触れることが、とても嫌だった。

ヴァルタルに触れていいのは自分だけなのだと知らしめたくて、けれどどうすればいいのかわからないからイライラして、かえって彼にずいぶん心配されてしまった。

優しい声でどうしたんだと尋ねられてしまえば、レーナは黙っていられなくなる。正直にモヤモヤする気持ちを伝えたところ、それは嫉妬だと教えてもらった。

『愛しているよ、僕の可愛いレーナ。僕は君のもので、君は僕のものだ。だから何も心配しなくていい。僕は君以外の誰のものにもならない。だから君も、僕だけのものでいてくれるかい？』

もちろんだと頷いた。ヴァルタルが拾ってくれなければ、自分は死んでいただろう。この心も身体も、彼のものだ。

懐かしい思い出が一つ蘇ると、ヴァルタルへの愛おしさが募って切なくなる。彼はもうこの世のどこにもいないのだと実感し、早く迎えに来てくれないかと強く願ってしまう。

だがそれは、ヴァルタルの望みではない。迎えに行くまで精一杯生きて欲しいと、彼は願った。

（ごめんなさい、ヴァルタルさま。弱気になってしまいました。気をつけます！）

レーナはワンピースの下に大切に下げているロケットペンダントにそっと触れて、微笑む。

その笑みが、物寂しげなものに見えてしまったらしい。カールはとても痛ましげな顔になった。

「レーナ……亡くなった人のことをずっと想い続けていくのは、辛(つら)いよ。君はまだまだ若いんだし、そ、それに綺麗(きれい)で可愛くて仕事もよくできるんだから、誰かいい人を見つけて幸せになった方が、天国のヴァルタルさまも喜ぶんじゃないのかな……」

「心配してくれてありがとう。でも私、口約束ではあるけれど、ヴァルタルさまの奥さまにしてもらっているのよ」

え？　とカールが大きく目を瞠(みは)った。今にも瞳が零(こぼ)れんばかりの表情が何だかとてもおかしい。

「私の心も身体も、ヴァルタルさまのものということなの。だからカールの心配は必要ないのよ。ありがとう。私、天に召されるまで旦那さまのことを思って精一杯生きていくわ！」

カールは絶句し、ふらふらとレーナに背を向ける。

「……じゃ、じゃあ……またね、レーナ……」

「ちょ、ちょっと大丈夫⁉　真っ青よ⁉　少しここで休んでいったら……」

「ううん、平気。そっか……うん、レーナはヴァルタルさまともう……ふ、ふふふ……」

乾いた笑みを零しながらカールは立ち去っていく。レーナはその背中を心配しつつも見送ることしかできない。

変なことを言っただろうかと先ほどの会話を思い返そうとしたときだ。賑わう人々の間に一瞬、ヴァルタルの姿が見えたような気がした。

ドキリとして、慌てて目を擦る。しかしもうどこにもヴァルタルらしき人の姿はなかった。

子供たちを孤児院に送り届け、屋台を片付け終えた頃にはもうすっかり夜だった。夜空に星と月が輝き、予想以上に明るい。

その空の下、酒の入った大人たちが陽気な音楽に合わせて踊っている。作業の手を止めて微笑みながら見つめると、ヘルマン院長がやってきた。

今日の労を労い、これからは自由時間だと言ってくれる。だが院に戻ればやることはそれなりにある。

生真面目に断るレーナに、ヘルマンは軽いウインク付きで笑った。

「夜は大人の時間です。年に一度のどんちゃん騒ぎなのに、君はいつも子供たちの世話ばかりで羽目を外したことがないでしょう。これは院長命令です。少し遊んできなさい」

「どういう命令ですか……本当に私が羽目を外してとんでもないことをしてしまったらどうするのですか」

軽口で返すとヘルマンは笑みを深めた。どこか予言めいた神秘的な笑みで、思わず息を呑む。

「どうもしませんよ。起きた事象が『とんでもないこと』だと決めるのは、当人以外の誰かではないですかね。存外、当人たちはそれを必然と思っているのかもしれません」

時折ヘルマンはこんなふうに謎めいたことを口にする。レーナは頷いた。

「わかりました。ではお言葉に甘えて、遊んできます」

「はい。行ってらっしゃい」

ヘルマンに見送られ、レーナは人混みの中に入った。

今日は子供たちを優先していたから、食事は味見程度しかしていない。屋台から肉が焼ける香ばしい匂いが漂ってくると食欲が刺激される。

軽く鳴った胃に微苦笑し、レーナは甘辛いタレで焼かれた串焼きと柔らかな白パン、アルコール度数が低い果実酒を買った。

なぜか顔なじみからチーズと焼き菓子なども差し入れされてしまい、手提げ籠があっという間に一杯になる。一緒に呑まないかとあちこちで誘われるが、今日はのんびり大人の時間を楽しむのだと笑って断った。

レーナはざわめく広場から離れ、森の中に入った。

ランプの明かりがところどころで揺らめいている。恋人同士、あるいは家族で静かに過ごそうとしている者たちもそれなりにいるのが収穫祭だ。レーナはどんどん奥に進む。

もう少し行くと、ヴァルタルから教えてもらった秘密の場所がある。二人で並んで横たわれる程度に開けた場所だ。ヴァルタルとよくそこまで散歩に出て、二人きりの時間を過ごした。

丁度木々の切れ目でもあって、上空を遮るものがない。星を見に行く夜の散歩がお気に入りだった。その場所はまだ、誰にも知られていない。

一人になりたいときよくここに来るのだと、ヴァルタルは教えてくれた。レーナだけにしか教えていないとも。

そこに並んで座り、空を見上げて他愛もない話をするだけで、不思議と心が満たされた。

そこでヴァルタルとの懐かしい思い出を反芻しながら、のんびりと食事をするつもりだった。

だが先客がいた。ついに見つけられてしまったのかと苦笑するが、すぐに警戒する。

村の者ではない。

（……誰……？）

すらりとした長身の、無駄な筋肉が一つもついていない均整の取れた身体の青年だった。

夜闇に溶け込んでしまいそうな深い藍色のジャケットは、精緻な銀糸の刺繍で縁取りされていた。ミルク色の光沢を持つドレスシャツに、ジャケットと同じ藍色のタイ、そこに銀のタイピンが刺さっている。膝まで届く革の長靴に、張りと光沢のあるトラウザーズ、腰には華美すぎない飾りベルトがあった。

こちらに斜めに背を向けているため、顔はわからない。だが身なりから、高位貴族だとわかった。

そんな人がなぜこんなところに、とレーナは眉を顰める。まずは失礼がないよう、挨拶をするべきか。

「こんばんは。あの……」

月を見上げていた青年が、おもむろにこちらを見返した。

さわり、と通り過ぎた微風が、青年の黒髪を揺らす。月光を受けて深い藍色にも見える黒髪はヴァルタルの髪色と同じで、ドキリとした。だが思い出の中の彼とは違い、前髪は整えられ、瞳が見えている。

　見返す瞳はわずかな光を吸い込んで、宝石のように美しい透明度の高い緑眼だ。あまりにも美しい色で、じっと見つめられていると吸い寄せられそうになる。それも亡きヴァルタルと同じ色だ。

　近寄りがたい硬質な顔立ちだった。すっ、と通った高い鼻梁（びりょう）、切れ長の目、精悍（せいかん）な頬や顎、真一文字に引き結ばれた薄い唇——すべてが整いすぎていて、精巧な人形のようだった。あまりにも完璧な美しさに、誰もが思わず見惚（みほ）れてしまうだろう。

　ヴァルタルが成長したら、きっとこの青年になるに違いない。成長という時間のずれはあったが、その面差しは思い出の彼にあまりにも重なりすぎる。

（ヴァルタルさま……？　いいえ、あの方は死んでしまったのよ……）

　天の国に行っても、死者は成長するのだろうか。そんな話は聞いたことがない。

（でもこの人はヴァルタルさまよ……）

　そう思いたいだけかもしれない。ならば聞いてみなければ。

　呼びかけようとしたが、唇はすぐには動かなかった。

　名を呼んだら、消えてしまうのではないか。

　月を背にして、青年が微笑む。美しい緑の目が細められ、引き結ばれていた唇がゆっくりと動く。

そして蕩けるほど甘く優しい声で、両手を差し伸べながら彼は言った。

「僕の愛しいレーナ。君を迎えに来た」

（ああ、間違いないわ。この方はヴァルタルさま……！）

声にならないままヴァルタルの名を呼び、荷物を放り出して駆け出す。そのまま勢いよく腕の中に飛び込むと、力強い腕が骨が折れそうなほどきつく抱きしめ返してくれた。

魂だけの存在なのに、その身体には実体感があった。レーナは夢中で両手を彼の背に回してしがみつき、胸に縋りつく。

ヴァルタルの名を呼びたい。彼なのだと確認したい。だが言葉の代わりに涙と嗚咽が溢れ出す。

「……レーナ。レーナ、顔を見せてくれ。僕の愛しいレーナの顔が見たい」

「……わた……私、も……ヴァルタルさまのお顔が……見たい、です……っ」

互いに両手で頬を包み込み、視線を合わせる。

涙でぐしょぐしょに汚れた顔なんて見せたくはなかったが、今くらいは許して欲しい。ずっと天国にいる彼を心配させないよう、彼を悼む涙は堪えてきたのだ。

涙で濡れる頬を、ヴァルタルが掌と指と唇で拭う。

「……ああ、レーナ……僕のレーナ……ようやく、迎えに来れた……！」

「……ずっ、と……待っていました。これからはもうヴァルタルさまのお傍に、いられます、か……っ？」

ヴァルタルが額を押し合わせ、間近から瞳を覗き込んできた。そして強い声音で言う。

「ああ。君を僕の妻にして、もう絶対に離さない」

(嬉しい……!!)

レーナはさらに強くヴァルタルにしがみつく。

固い身体と力強い温もりが愛おしい。これでようやく彼と一緒に過ごせるのだ。天の国で夫婦として、呼べば応(こた)えてくれる近しい場所で、ずっと一緒に。

(私はここで死ぬ、ということだけれども……)

いや、それとももう死んだのか？　わからない。こんなにも突然、何の前触れもなく死が訪れるとは思わなかった。

だがヴァルタルの死も、突然だった。前触れなど何もなかった。死とは、そういうものなのかもしれない。

ヘルマンや院の子供たちの笑顔が胸をよぎる。彼らはきっと、レーナの死を悲しんでくれるだろう。

彼らの気持ちがきちんと昇華するよう、自分の亡骸(なきがら)は彼らに届けて欲しい。

そう頼もうとすると、ヴァルタルが言った。

「レーナ、僕の妻になってくれるか……？」

かすかに声が震(ふる)えているのは、レーナが断るかもしれないと恐れているからか。

レーナは泣き顔のままで、笑う。せっかく天国から迎えに来てくれたヴァルタルに、こんな情けない顔しか見せられないなんて、恥ずかしい。だがまずは彼を安心させたかった。

六年の間、心変わりなど一切なかった。ヴァルタルと一緒にいることを、何よりもレーナ自身が望んでいたのだと伝えたい。

「ヴァルタルさまの妻にしてください。ずっとヴァルタルさまのお傍に置いてください。もう二度と……私の前からいなくならないでください。そのためなら何でもします。この命はヴァルタルさまのものです」

ヴァルタルが真剣な――嘘と偽りを決して許さない、強い瞳で見返してくる。

「ああレーナ、本当に……？　僕の妻になるということは……そう、君の全部を僕のものにして、ぐずぐずに甘やかして心も身体も蕩けさせて……昼も夜もいついかなるときも、僕のことを考えずにはいられなくなるほどに、君のすべてを僕で塗り替えることだ。僕がいなくては生きていけないと思えるほどにもしてしまうが……構わないね？」

妻とはそういうものだったろうか。何だか狂気めいたことを言われている気がしないでもないが、まあいいかとレーナは頷く。

生者の世界では駄目だが、死者の世界ではこの世のしがらみや倫理など、関係ないだろう。何しろ死んでいるのだから。

レーナは微笑んだ。

「私のすべてはヴァルタルさまのものです。ヴァルタルさまだけが私を好きなようにでき、ま……ん……っ⁉」

最後の声はヴァルタルの唇に吸い取られた。薄い唇に噛みつくようにくちづけられ、大きく目を見開く。

驚いて、衝動的にヴァルタルの胸元をきつく握りしめる。彼の唇が食(は)むように動き、レーナの唇を強引に押し開いた。

「……ん……ん……っ⁉」

熱く肉厚な何かがぬるりと口中に入り込んでくる。衝撃に身を強張(こわば)らせるレーナの口中を、それはゆっくりと味わい始めた。

（え……あ……な、何……これ……っ⁉）

少しざらつくぬめったそれは、レーナの唇の内側を優しく舐(な)め、歯列をなぞってくる。正体がわからない恐怖に小さく震えると、ヴァルタルがすぐに唇を離してくれる。そして見せつけるようにゆっくりと舌でレーナの唇を舐めた。口中に入ってきたのは、彼の舌なのか。

恐怖ではない震えが背筋に生まれ、あっという間に全身を巡る。下腹部の奥に甘い疼(うず)きが生まれた。

経験はないが、それがどういう意味なのかは知っている、レーナは気恥ずかしさで俯(うつむ)いた。

レーナの顎(あご)に指を絡めて上向かせ、ヴァルタルが続ける。

「レーナ、口を開けて。もっと君にくちづけたい……」

くちづけとはそういうものだろうか？　唇を触れ合わせるだけでいいのではないだろうか？　戸惑(とまど)ってしまうとヴァルタルが目を眇(すが)め、舌で唇の合わせ目を押し開くように優しく舐めてきた。

　ビクリと反応して口を開けば、ヴァルタルの舌が当然のように中に入り込んでくる。そのまま舌を舐め合わされ、上顎のざらつきを軽く突かれた。

　膝から力が抜けそうになる。ヴァルタルが支えてくれた。

「息が苦しければ鼻で呼吸をするんだ。そう……上手だ。さあ、もっと舌を僕に捧げて……ん、そうだ……ああ、君の舌はとても甘くて……熱くて、柔らかい……」

「ん……ふぅ、ん……んん……っ」

　ヴァルタルの舌がレーナの舌を舐め回す。自然と唾液が滲み出し、口端から零れそうになる。すぐに彼が唇を重ね、唾液を啜った。

　ヴァルタルに舌を吸われ、舐められ、搦め捕られる。どちらのものかもわからなくなるほど混ざり合った唾液の熱と甘さを飲み下すと、信じられないほど気持ちがいい。

　頭がぼうっとしてくる。気づけばレーナはヴァルタルに身を擦り寄せていた。

　最後に残った理性がはしたないと窘め、はっと我に返って身を強張らせる。

　だが、ほんのわずかな変化もヴァルタルは見逃さない。耳朶を甘噛みし、優しい声でどうしたのかと問いかける。

　何でもないと小さく首を左右に振ると、熱く濡れた舌で耳殻を下から上へゆっくりと舐められ、レーナは身震いした。耳に唇を押しつけながら、ヴァルタルが低く問いかけた。

「僕があげたペンダントを……持っているか？」

「……は、はい！　肌身離さず持っています！」

　ワンピースの襟から鎖を引き出し、両掌に乗せて差し出す。

　磨かれた金の表面には中に収められているドライフラワーと同じ花が刻まれているだけで、シンプルなデザインのロケットペンダントだ。ヘルマンによると純金製らしい。

　だがレーナには、金銭的価値は意味はない。ヴァルタルが与えてくれたものだということに、一番の価値がある。

「君の温もりが宿っていて、温かい」

　ヴァルタルの指先がロケットの表面をそっと撫でる。何だか自分の身体を撫でられたような錯覚を覚え、レーナは捧げる手を小さく震わせた。

　ヴァルタルは片手で器用にロケットを開ける。薄い窪みの中に切れ込みが入っていて、かすみ草に似た小さな白い花がドライフラワーとなって収められていた。

　未だに何という花かわからない。ロケットペンダントを譲り受けてから植物図鑑などで調べてみたが、答えは見つからなかった。中身を誰にも見せてはいけないとあのとき約束させられたから、それ以上調べることはできなかった。

「レーナ、手をこちらに。僕と一緒にこの花に触れてくれ」

　何の意味があるのかさっぱりわからなかったが、レーナは素直にヴァルタルに従う。もしかしてこれが天に行くための儀式――あるいは夫婦になるための儀式か。

　レーナは頷き、ヴァルタルと花の部分に一緒に指先で触れた。

直後、白い花がぽう……っ、と淡い光を放った。まるで天から授けられた聖なる花のように思える。

「……綺麗……」

思わず呟くと、ヴァルタルが嬉しそうに目を細めた。

「この花は特別な花だ。想い合う者が触れ合うとこうして光って反応し、互いを求め合うようになる」

「求め……合う……？」

直後、どくん、と鼓動が大きく震えた。

ヴァルタルがロケットを閉じ、レーナにくちづける。先ほどよりも激しく官能的なくちづけだ。

「ん……あ、ぁ……んうっ、くる……し……っ」

苦しい。上手く息ができない。なのに一瞬でも彼の唇が離れてしまうことが嫌だ。

気づけばレーナはヴァルタルに身体を擦りつけ、両腕を彼の首に巻きつけてしがみついている。

「あ……もっと……もっとぉ……っ」

何よりも、身体の芯が疼いてたまらない。レーナは熱い息を吐き、淡い涙目でヴァルタルを見上げる。

ヴァルタルの身体も、服越しでもはっきりとわかるほど火照っていた。目元が上気し、美しい緑眼は奥に熱を宿し、食い入るようにレーナを見返している。

飢えた獣のような瞳に見つめられただけで、レーナの下肢が――蜜壷の入口が熱く潤った。

（何、これ……私、おかしい……っ）

じっとりと蜜が滲み出す。蜜口がじんじんと疼き、ひくついた。レーナは内股を擦り合わせ、身をくねらせる。

「……ヴァルタル……さま……っ。わ、たし……身体が、変……です。急に……熱く、て……っ」

「ああ、僕も熱くてたまらない。君に触れたくて……たまらない……」

そうか。触れてもらえればこの熱は収まるような気がする。レーナはヴァルタルの胸に頬を擦り寄せて言った。

「私に……触って、ください……っ」

「……ああ、レーナ……！」

ヴァルタルが深くくちづけながら、木の幹に押しつけてきた。大きな両手が忙しなくレーナの身体を撫で回す。

触れてもらえるととても心地いい。やはりこの熱を収めるには触ってもらうのが一番なのだ。

「……レーナ、君にもっと触れたい。もっと……！」

飢えたように言い、ヴァルタルは木の幹にしがみつかせるよう、レーナの向きを変えさせた。

ヴァルタルの顔が見えなくなって寂しくなり、上体をひねって肩越しに振り返る。すると後ろから噛みつくようにくちづけられた。

「……んんっ、ん、ん……っ!!」

口端から飲み込みきれなかった唾液が滴り落ちる。顎先から喉に落ちていく熱い雫の感触も気持ちがいい。

ヴァルタルの唇と舌に懸命に応えていると、彼の両手がワンピースの後ろ身頃を掴み、力を込めた。背筋に沿って並んだくるみボタンが次々と弾け飛ぶ。

驚く間もなく襟を開かれ、ぐっと押し下げられた。前ホック式のコルセットを引きちぎるように外し、ヴァルタルの両手が胸の膨らみを包み込む。

唇を離し、ヴァルタルがうっとりと呟いた。

「何て……柔らかくて、温かいんだ……夢の中とは、まったく違うな……」

熱く大きな手の感触にびくりと震えたのは一瞬だ。優しく、けれども力強く揉まれる。気持ちいい。もっと欲しい。

ヴァルタルの掌は肌に吸いつくようにしっくりとなじんで、そうされるのが当たり前のようにしか思えなかった。

「……ん……ん、んぅっ」

十本の指が乳房に沈み込み、柔らかな膨らみが卑猥な形に歪む。あっという間に二つの頂が固く尖り、レーナの荒い呼吸に合わせて打ち震えた。

（ああ……胸……もっと、触って欲しい……っ）

直後、まるでレーナの心の声に応えるように、ヴァルタルの指が二つの乳首を同時にきゅっと摘んだ。

「んんっ!!」

「ああ、ここもなんて可愛いんだ……こんなに固く尖って……レーナ、気持ちがいいか?」

指の腹で乳頭を押し潰しながら扱かれると、快感が強まる。蜜口からとろとろと熱い蜜が滲み出し続け、下着が湿っていくのがよくわかった。

「あ……あぁ……気持ち、い……いです……ヴァルタルさま、気持ち、いい……っ」

だが足りない。触れて欲しいのは胸だけではなく、蜜を絶え間なく溢れさせているところだ。

何てはしたないことを思うのだと羞恥で顔が赤くなる。

「ならばもっと……気持ちよくさせてやるな……」

ヴァルタルが胸を弄っていた右手を下ろし、臀部を撫でてきた。

「……っ、ぁ……っ!」

「君はお尻も可愛い」

下から上へ何度も撫でられて、腰と膝が震える。そうしながらヴァルタルの左足が器用に動き、レーナの足の間に差し込まれた。

気づけばスカートは腰まで捲り上げられていて、頼りない薄い下着と太股までの靴下だけを履いた両足が剥き出しになっている。恥ずかしいのに、もっと強く深い愛撫が欲しい。

(私は何を求めている、の……?)

内股に後ろから入り込んだヴァルタルの引きしまった太股が、ゆっくりと前後に動き始めた。薄い下着越しに蜜口が擦られる。

蜜でたっぷりと濡れたそこは、クロッチ部分がぬるついて少し気持ちが悪い。だが、濡れた生地に花弁や花芽が擦られると、それ以上の気持ちよさがやってくる。

「……ふ……あ……あぁ……っ」

木の幹に両手をついて俯き、レーナは甘く喘ぐ。後ろから伸びたヴァルタルの手が、乳房をいやらしく弄っているのが見えた。

耳の傍で、ヴァルタルの熱く荒い息が聞こえる。それも快感に繋がり、秘所が熱く潤み続ける。

布地越しに、ぬちゅ、くちゅ、と淫らな水音が上がり始めた。

「君の一番感じる場所を……可愛がらせてくれ……」

ヴァルタルが言って胸を弄っていた手を下ろし、下着の中に潜り込ませてきた。

右の人差し指と中指で器用に花弁を押し開き、左の指で花芽を摘んですり潰してくる。視界がチカチカと明滅するような強烈な快感がやってきて、レーナは仰け反った。

「……あ……あー……っ!!」

高い喘ぎ声を上げながら達する。とろりと熱い蜜がさらに溢れ出し、ヴァルタルの指を濡らした。

零れた快楽の涙を、ヴァルタルが後ろからねっとりと舐め取る。

「本当はもっと蕩かせてあげたいが……すまない。僕の方が耐えられそうにない」

再び身体の向きを変えさせられ、今度は木の幹を背にして向かい合う。ヴァルタルがレーナの項に吸いつきながら、足の間に腰を押し入れてきた。

ぐりっ、と固く熱いものが恥丘に当たった。何、と思う間もなく、蜜口に丸くつるりとした感触が押しつけられた。

ヴァルタルが額を押し合わせ瞳を覗き込んでくる。熱い緑の瞳に、魅入られる。

「……レーナ、愛している。君を、僕だけのものにする。いいね？」

「そうすればずっと……一緒にいられます、よね……？」

ヴァルタルが大きく目を見開く。そしてすぐに蕩けるほど優しい笑みを浮かべた。

「これからはずっと一緒だ。何があっても手放さない。それだけの力を、僕は手に入れた。待たせてすまなかった」

「……嬉、し……あ……っ」

ずぷり、と下から何かが蜜壷の中に押し入ってきた。信じられないほどの圧迫感に、レーナは大きく目を見開く。

「……あ……あぁ……あ……っ」

ヴァルタルがすぐさまくちづけ、舌を絡めてきた。覚えたての快感がじわりと生まれ、それが下肢の衝撃を宥めてくれる。

「ふ……う……んぅ、ん……」

「……ああ、レーナ、すまない……花の力が作用していても……辛い、か……」

唇をわずかに離し、ひどく申し訳なさげな表情でヴァルタルが詫びてくる。

言葉の意味がわからない。苦しくて圧迫感は強いが、辛いことなど何一つないのに。

（だってヴァルタルさまと繋がっているのだから）

この辛さも愛おしいだけだ。

レーナはヴァルタルの頬をそっと撫でた。汗ばんだ頬は、自分と同じほどに熱い。

「……辛く、はない……です。ただ……おなかが、ヴァルタルさまで、いっぱいで……」

中に入ったものが、次の瞬間ぶるりと小さく震えた。圧迫感が強くなり、同時に不思議な甘い疼きが心を震わせる。

ヴァルタルが瞳を熱くギラつかせたままで、唇だけでかすかに笑った。

「……そうだ。君の中に僕がいる。もっと深く繋がり合いたい……」

「……は、い……もっと強く……ヴァルタルさまを感じ、たい、です……」

ヴァルタルの両手が、臀部を鷲掴みにした。割れ目が押し広げられるほど強く指が食い込んだと思った直後、ヴァルタルが腰を引き——そのままどちゅっ！　と最奥まで貫いてきた。

重苦しい痛みと紙一重の快感に衝撃を受け、大きく目を瞠る。だが欲しかったものはこれだと言わんばかりに蜜壷は熱を増し、うねり、中に入り込むものを自ら奥へと導く。

「……あ……は……あっ」

「レーナ……レーナ、愛している……ようやく君を、僕のものに……っ」

直後には腰を激しく打ち振られ、何が何だかわからなくなる。ただ気持ちがいい。こうされることが決まっていたように、身体はヴァルタルの激しさを受け止めて応えていく。

「……あ、あ……ヴァルタル、さま……ヴァルタルさまっ！」

舌を求め、ヴァルタルにくちづける。すぐに彼が応えてくれ、唾液で熱く濡れた舌を夢中で絡め合う。

繋がった場所から、ぐちゅぐちゅといやらしい水音が上がっている。その音も快感に繋がるから不思議だ。

だがどうしてそんな音がするのかと、ふと繋がった部分に視線を落とし――レーナは男根が激しく蜜壷の中を出入りしている様をみとめる。

本当にヴァルタルのものなのかと疑うほどに、凶悪な太さと固さだ。先端ギリギリまで抜けたかと思えば、すぐにずぷりと根元まで入り込む。あんなに長大なものが自分の身体の中に入るのかと、恐怖にも似た感覚を覚えるのに、気持ちがいい。

(こ、れが……愛し合う……こと……)

ああ、そうか。こんなに親密で深く繋がり合う行為だからこそ、これは愛し合う者にしか許されないのだろう。

(ヴァルタルさまに、愛されている……)

そう思うと、急に快感が強くなった。

もっとヴァルタルが欲しい。もう二度と離れなくてもいいように深く繋がり合いたい。ずっと繋がったままでいたい。

レーナはヴァルタルの背に両腕を回し、しがみつく。

「ヴァルタルさま……っ、あ……どうし、よう……気持ち、いい……あぁ、いい……っ」

「僕もだ。とても気持ちがいい。君の中が熱くて……僕を、きつく締めつけてくれて……いい……っ」

熱い吐息混じりの声でうっとりとヴァルタルが呟く。

「……気持ちいいならばいいと……もっと僕に教えて欲しい。ほら、レーナ。ここはどうだ？ここ……君の、ここ、だ……」

固く張り詰めた丸みのある先端が、ぐっ、と臍の裏辺りを甘く押し上げてくる。レーナはヴァルタルの肩を強く掴み、木の幹に後頭部を押しつけるように大きく仰け反った。

「……ああっ、そこ……い、い……っ　あー……っ!!」

「……花の効果の、おかげ……だな……。もっとよく、してやりたくなる……っ」

ヴァルタルの腰が、力強く打ちつけられる。繋がった場所からさらにいやらしい水音が上がり、レーナは次々と押し寄せてくる快感で思考を蕩かせながら、ヴァルタルに強くしがみつく。気づけば右足を彼の足に絡め、繋がりを自ら深くしていた。

（……あ……お、く……気持ち、いい……っ）

ずんずんと押し広げられると甘苦しい快感が全身に広がって、さらに貪欲になる。蜜壷がうねり、男根を締めつける。

ヴァルタルが低く呻き、レーナの左足を腕に引っかけて持ち上げた。足が縦に割り開かれ、レーナは新たな快感に喘いだ。

もうこれ以上は無理だと思うのに、ヴァルタルの突き上げは強く激しくなる一方だ。

「……レーナ、君を、僕のものに……する……っ」

「ヴァルタルさまの……ものに、なりたい、です……っ」

ヴァルタルがレーナの唇を貪りながら、めちゃくちゃになるほど強く突き上げてきた。

あまりの激しさに息ができない。だが身体は悦びに震え、悶え、求める。

「……んっ……んっ、んん……っ」

遠くで、祭りのざわめきがかすかに聞こえた。

（あ……何、か……く、る……っ）

先ほど花芽を弄られたときよりも強い快感が、全身を包み込もうとしてくるのがわかった。

「レーナ……っ！」

名を呼ばれるだけで、達した。レーナはヴァルタルの背中に爪を食い込ませながら彼に身を寄せ、ビクビクッ、と大きく震える。

蜜壷の締めつけにヴァルタルは一瞬息を詰めたものの、すぐに激しく奥を抉った。

「……あっ、あ……ヴァルタル、さまっ。私、もう……駄目……これ以上、は……っ」

くちづけの合間に懇願するが、ヴァルタルの攻めは止まらない。それどころか絶え間なく突き上げられ、ガクガクと身体が揺さぶられる。

意識が遠のきそうになった直後、ヴァルタルがレーナの項に顔を埋めて低く呻き、胴震いした。

「……く、ぅ……っ」

悩ましげな色気に満ちた声に感じてしまい、それが蜜壷に伝わって肉棒をさらに締めつける。熱いものが身体の一番奥にたっぷりと注ぎ込まれた。

「……あ……はぁ……あ……っ」

直後、びゅくびゅく、と体奥に叩きつけられる熱を、レーナは震えながら受け止める。熱はそのまま快感に変わり、全身に広がった。

自然と零れた涙を、ヴァルタルが唇で吸い取った。

「愛している、僕のレーナ」

私も、と掠(かす)れた声で言う。ヴァルタルがとても嬉しそうに微笑み、唇に優しくくちづけてくれた。

(ああ、これで私はヴァルタルさまの妻に……なれた、のね……)

意識がゆっくりと薄れていく。だが身体の奥はヴァルタルが放ったもので熱く、くちづけは優しい。

満たされた気持ちのままで、死を迎えられる。次に目覚めたときは、天の国だ。

くちづけながら、ヴァルタルがレーナの手を握りしめる。その温もりも愛おしい。

(こんなふうに幸せな気持ちで死ねるのも、ヴァルタルさまのおかげ……)

レーナも微笑み、意識を失うまで彼のくちづけに応え続けた。

レーナのことを思って自慰をしたときとはまったく違う、強烈な快感だった。もっと彼女の身体を蕩かせ苦痛など一切与えずに抱いてやりたかったが、無垢(むく)な身体は花の効果をもってしても破瓜(はか)の痛みからは逃れられなかったようだ。

それだけでも己を呪いたいほどなのに、花の効果で快楽に呑まれたうえ、己の心に素直になったレーナが求めてくれる言葉、声、表情、吐息、蜜壷の締めつけ具合——すべてが、優しくしてやりたいという理性を粉々に打ち砕いてくれた。

驚くほど長くレーナの中に精を放ったあとも、とても離すことができなかった。

交わりで互いに達することができれば花の効果は終わる。抗(あらが)えない欲望は波が引いていくように収まり始めていたが、できることならばずっとこうして彼女の中に留(とど)まり続けていたかった。

深く息を吐いて最後の欲望を吐き出し、ヴァルタルはレーナの身体を抱き直した。

よくよく見れば、自らの衣服の乱れは腰の辺りだけだ。とにかく彼女と繋がりたいという望みだけが先走っている様相に、苦笑するしかない。

自分の衣服の乱れを整え、レーナには上着を脱いで、肩を包み込む。抱き上げれば驚くほど軽い。そして年頃の娘らしい柔らかな身体に、再度欲望が頭をもたげそうになった。

（ああレーナ、僕のレーナ。ようやく君を迎えに来れた……）

別れた頃のレーナは十二歳で、まだまだ子供じみた可愛らしい姿だった。だが今は、今にも花開こうとする美しい花のごとく、女性的な姿になっている。

少し毛先に癖のある柔らかなライトブラウンの髪は幼い頃から変わっていないが、今は腰まで長くなっている。その髪に鼻先を埋めて軽く息を吸い込めば、かすかに花のような甘い香りと行為の汗の匂いがした。

快楽に濡れた瞳はレーナの心根を表す優しい金茶色だった。この色も昔と変わらない。情事の最中は花の効果もあって欲望に忠実にヴァルタルを求めて潤み、媚（こ）び、可愛らしく淫らに揺れていた。

柔らかな頬、小さな唇、華奢（きゃしゃ）で女性的で艶（なま）めかしい腰、足、胸の膨らみ、もう離さないでと強くしがみついてくる細い腕――すべてを、今夜、自分のものにできたのだ。

目元に快楽の涙の痕（あと）を見つけ、軽くくちづける。レーナはかすかに身じろぎしたものの目覚めることはなく、代わりにシャツの胸元を握りしめてきた。強い握りようにヴァルタルは少し眉根を寄せた。

レーナを迎え入れるために必要な準備を整えるのに、六年もかかってしまった。その間、自分が生きていることを伝えることも傍にいることもできなかった。

代わりにヘルマンを始めとする部下の者をレーナの傍に置き、遠くから見守ることしかできなかった。だが、もうそれも終わりだ。

（君も僕を望んでくれた）

『王家の花』の力は絶大だ。レーナがヴァルタルを愛していなければ発動しない。

もしもレーナが自分を必要としなかったとしても、聞く耳を持たずに連れ去るつもりだったが――それはわざわざ教える必要もない。

かさり、と草を踏みしめる音が耳に届いた。自分たちを害する者ならば迷いなく殺すつもりで、腰ベルトに隠し着けていた護身用のナイフの柄に手をかけながら振り返る。

姿を見せたのは微苦笑したヘルマンと、最も信頼する側付きのミカルだった。何事もなかったように柄にかけていた手をレーナの身に戻すと、ヘルマンが言う。

「相変わらず、レーナ以外には容赦がないようですね」

苦笑しながら詫びれば、ヘルマンが笑う。ミカルが生真面目な表情で言った。

「レーナさまの荷物は後ほどお屋敷に送っていただくよう手配しました。馬車も待っております」

ヴァルタルは頷き、ヘルマンに向き直った。

「僕が傍にいてやれなかった間、レーナを守ってくれて感謝する」

「感謝する必要などありませんよ。私にとってレーナは娘同然です。私の大事な子供の一人です。それは貴方もですよ、ヴァルタルさま」

父親のように優しく微笑み、ヘルマンがヴァルタルの肩を軽く叩く。少し照れくさいような気持ちになり、ヴァルタルは苦笑した。

「お前は変わらないな。……僕にとっての父親は、お前だけだ」

「ならば父の幸せを必ず叶えてください。父は子の幸せを望むものなのです。貴方とレーナが幸せになり、それを私に教えることが孝行というものですからね」

ふ、と小さく笑い、ヴァルタルは頷いた。

「僕の愛しいレーナを必ず幸せにすると誓おう。……我が父よ」

【第二章】

「――レーナ。僕の可愛いレーナ。珍しく寝坊かい。さあ、起きるんだ。朝だ」

優しく身体を揺さぶられ、幼いレーナはもう一度眠りたいのを我慢して目を開ける。だが、なかなか目が開かない。

昨日は敷地内にある畑を耕してとても疲れた。かろうじてなんとか寝支度をしたのだが、ベッドに倒れ込んだ後の記憶はない。まだ疲れは取れていないのか。

「起き……ます……」

睡魔に抗いながらそう言うが、身体は言うことを聞かない。ヴァルタルは軽く嘆息すると、ベッドの中に入ってきた。

そしてレーナを抱き寄せ、背中を優しくあやす。

「昨日、頑張りすぎたんだな。いけない子だ。無理をしては駄目だといつも言っているだろう」

「ごめ……なさ……」

ヴァルタルに嫌われてしまっただろうか。そう思うと、眠気が一気に吹き飛ぶ。

不安に翳る瞳で見返すと、瞼に優しくくちづけられた。

「今日は寝坊してもいい。僕も一緒にいてあげよう。ぐっすり眠って、疲れを完璧に癒さなければ駄目だ。いいね」

レーナは顔を輝かせる。ヴァルタルが添い寝してくれるのだ。嬉しすぎる。

ヴァルタルがレーナの頭を自分の胸に引き寄せた。背中をあやしてくれる手も、時折髪や額にくちづけてくれる唇も、とても温かくて安心する。

眠りに落ちながら、レーナは言った。

「ヴァルタルさま……だぁい好き……」

「僕もレーナのことが大好きだ。愛しているよ、僕の愛しいレーナ」

眠りながらレーナは笑った。

――懐かしい思い出が夢となって訪れてくれたせいか、目覚めはとても爽やかだった。少し気怠さがありもう少し眠っていたい気になったが、レーナはゆっくりと目を開ける。

清潔なシーツとふかふかベッドの中で、ヴァルタルに包み込むように抱きしめられていた。睫の本数を数えられそうなほど間近に彼の端整な顔があり、美しい緑の瞳がじっとこちらを凝視していた。

「ヴァルタル、さま……？」

指を上げて、ヴァルタルの頬を撫でる。微笑の形に目を細め、彼が頷いた。

「ああ、そうだ。君のヴァルタルだ」

ヴァルタルが傍にいるということは――自分は死んで、天の国に来たのか。身体のどこにも変わった様子はなく、死んだ実感はあまりにも乏しい。

死ぬ直前に与えられた苦痛はそれを上回る快楽で包まれ、とても満たされて意識を失った。

（私……ヴァルタルさまの前で、すごくはしたなかったような……!!）

思い返すと顔が赤くなる。ヴァルタルと一緒にロケットペンダントの花に触れたら、急に身体が熱くなり、彼が欲しくてたまらなくなった。

（そうだ、ペンダント……！）

胸元にいつも下げているものがないことに気づき、慌てて周囲を見回す。サイドテーブルの上に置かれているのをみとめ、安堵した。

よく見ればどちらも全裸だったが身体は拭き清められ、さっぱりしている。あの森で結ばれたあと、どうしたのだろう。

問いかけようとした唇を、ヴァルタルが優しいくちづけで塞いできた。そのまましばらく甘く深いくちづけを与えたあと、ヴァルタルが言った。

「起きられるか？　風呂の用意をしてある。君の身体は僕が拭き清めておいたが……さっぱりしたいだろう？」

「も、申し訳ございません！　そんなことをヴァルタルさまにさせてしまって……!!」

レーナはくちづけに蕩けた意識を引きしめ、慌てて身を起こそうとする。だが予想以上に身体は気怠く、腰が鈍く痛い。

再びベッドに倒れ込みそうになったところ、ヴァルタルが慌てて支えてくれた。

「花の効果があったとはいえ、君の身体に負担をかけてしまったな……。あのときは僕も君が欲しくてたまらなかったから、最後まで気遣うことができなかった。すまない。僕が運ぶ」

ヴァルタルがレーナを軽々と抱き上げた。全裸であることをまったく気にせず、隣の部屋に向かう。

「……あっ、あの、ヴァルタルさま……！　私、一人で歩けます！　ヴァルタルさまの入浴のお世話は、私が……！」

「僕は妻を使用人のように扱うつもりは一切ない。君は夫婦とはどういうものかをよくわかっていないようだ。あとでじっくりと教えてあげよう。まずは入浴だ」

続き間は洗面室で、さらに奥に浴室があった。

衝立の奥に猫脚の大きなバスタブが置いてある。清潔で温かい湯がたっぷりと満たされ、入浴剤で白く濁っていた。エプロンドレス姿の使用人が二人、ふわふわのバスタオルを持って控えている。

全裸を見られたことに今更ながら気づき、慌てて両腕で自分を抱きしめる。いや、それよりも彼の裸身を見られてはいけないのではないか。

だがヴァルタルは平然とした表情で言った。

「お前たちは下がっていい。何かあれば呼ぶ」

畏まりました、と頭を下げる仕草が、とても綺麗で見惚れてしまう。やはり、実践の場で働いている者は違う。学びだけではなく、経験が必要だ。

立ち去っていく彼女たちの背中を憧憬の眼差しで見送っていると、ヴァルタルが不思議そうな顔をした。

「何か気になることがあるのか？」

「いえ！　私も早くああいう素敵な使用人になりたいと思っただけです。やっぱり私がお世話いたします!!」

意気込んで言うと、ヴァルタルが喉の奥で小さく笑う。ようやく床に下ろしてもらえたが、下肢に上手く力が入らず、彼に縋ってしまった。

「これでも僕の世話ができると？」

「も、申し訳ございません……」

「謝らなくていい。無理をさせたのは僕だ。だから君は遠慮なく僕に世話をされること」

ヴァルタルがレーナを湯船に座らせる。そして後ろから自分も入り込み、膝の間にレーナを引き寄せ、入浴剤でとろみのある湯で肌を撫でてくる。

ヴァルタルの両手がとても優しく洗ってくれる。大きな掌が胸の膨らみや肩、背中や腰を撫でてくれると、気持ちがいい。湯に浸かっていると、気怠さもだんだん楽になってくる。

「どうだ？　少しは楽になるか？」

「はい。ヴァルタルさまの手……とっても気持ちいいです……」

素直にそう応えると、ヴァルタルが内圧を下げるように深く息を吐いた。

「あまり可愛いことを言わないでくれ。今日は何もしないと反省した僕の決意が、君の今の言葉であっけなく打ち砕かれそうだ……」

ヴァルタルの手を借りて入浴を済ませると、頃合いを的確に見計らった使用人たちがガウンを持ってやってくる。それを着ると一旦ヴァルタルと別れ、クローゼットルームに案内された。

天の国でも今までの生活とあまり変わらないようだ。少しホッとする。

だがクローゼットルームに辿り着くまでに、不思議な既視感があった。ここまでに目にした屋敷の中の様子が、記憶の中のものと月日の隔たりはあっても重なる部分がある。壁紙や、かけられた絵、天井の照明などが、懐かしい記憶を刺激してくるのだ。

（ヴァルタルさまが住まわれていたお屋敷に似ているような……）

ヴァルタルが孤児院に足を運ぶことが多く、彼の屋敷にはあまり入ったことがないから確信は持てない。何だか重要なことを見過ごしているような気がする。

思わず考え込んでしまったレーナに、使用人が気遣いの声をかけてきた。

「レーナさま、どうかされましたか？　どこかお身体の具合でも……」

「い、いいえ、大丈夫で……す……っ!?」

返事をしながらクローゼットルームに入ったレーナは、所狭しと収納されているドレスや小物、アクセサリー、靴などの量に仰天した。

色とりどりのドレスに目がくらみ、思わず近くの壁に寄りかかりたくなる。こんなにたくさんの衣裳を目にしたことはない。これはいったいどういうことだ。何が起こっているのだ。

「ここにあるものすべて、レーナさまのものです。ヴァルタルさまがご用意されました。サイズはおそらく大丈夫だとのことですので、お好きなものをお選びください」

なぜヴァルタルは自分のサイズを知っているのか。いや、天の国に召された彼ならば、そのくらい容易く知ることができるのかもしれない。

だがこれほど大量のドレスを前に、どれを着ればいいのかさっぱりわからない。

「……わ、私は……そう！　皆さんと同じお仕着せで結構です!!」

「そういうわけには参りません。レーナさまはヴァルタルさまの奥さまになられる方なのですから」

ずいっ、と使用人たちがレーナに迫る。にこやかな笑顔を浮かべているのに、その圧は凄まじい。結果、借りてきた猫のごとく、大人しく身を委ねるしかなかった。

彼女たちが手際よく身支度を整えてくれる。いかがでしょうか、と問われて姿見を見たレーナは、そこに映った姿に目を瞠った。

どこの深窓の令嬢だ、と言いたくなるほどに清楚で淑やかな可愛らしい女性が映っている。本当に自分なのか疑ってしまい、右手を上げ、頬を撫で、くるりと回ってみた。

鏡の中の令嬢は、驚きの表情で同じ動きをした。間違いない。確かに自分だ。

「素敵にしていただいてありがとうございます！」

平民の娘をここまで令嬢のように見せることができるとは、凄い技術だ。

ヴァルタルは今の自分の姿を見てどう思うだろうか。この姿ならば彼の隣に並んでも、少しは見劣りしなくなるだろうか。

ロケットペンダントはドレスの下に隠さず、首にかけた。

昼食の用意が整っていると言われ、今度は食堂に向かう。クローゼットルームにあった置き時計で時間を確認すれば、午後の茶の時間間際だった。ずいぶん眠っていたのだ。

それだけ昨夜の情交は激しかった。抗いがたい欲情に意識が蕩け、ただヴァルタルが欲しくてたまらなくなり、その情動に呑み込まれて満たされた夜だった。ヴァルタルの熱が体内に広がっていく感触とともにやってきた充足感と快感を思い出し、ふるりと小さく震えてしまう。

（でも死んだからこそ、今こうしてヴァルタルさまの妻になれる……）

生者の世界だったら、絶対にヴァルタルの妻にはなれない。彼の家格に見合ったものを、レーナは持っていないからだ。いくら彼が求めてくれたとしても、応えることが罪だ。

彼の妻に相応しいと誰もが納得できる家格も教養もない。容姿ですら、こうして偽らなければ令嬢らしくはなれない。そんな娘を妻にしたら、ヴァルタルが貴族社会で非難される。彼には苦労しかない。

生者のわずらわしさがないと言われている天の国でだからこそ、彼の妻になれるのだ。

食堂も豪華な造りだった。明かりはともされていないが天井には大きなシャンデリアが五つも下がり、長テーブルには十数名分の椅子が用意されている。両端に座ったら、話す声が届くのか疑問に思うほどだった。

案内されたのは、上座に座るヴァルタルの隣だ。手の届く位置に彼がいてくれることが嬉しくて、安心もする。

食卓にはのりの利いた真っ白いテーブルクロスがかけられ、食事が用意されていた。サラダやパン、チーズや厚切りのハムとベーコン、ゆで卵やスープ、果物や小ぶりのタルトなど、二人では到底食べきれない量だ。

とても美味しそうな匂いがして、胃が小さく鳴ってしまう。死んでも空腹感はあるらしい。ヴァルタルがレーナの姿をみとめ、大きく目を瞠る。似合わないのかもと一瞬不安になったが、すぐに彼は破顔した。

「こちらにおいで。僕の前で、一回りしてくれ」

要求にすぐさま応えると、ヴァルタルはうんうんと満足そうに頷いた。

「とても綺麗だ。よく似合っている。昔から可愛くて愛らしかったが、もうそんなふうには言えないな。美しい娘になった……」

ヴァルタルがレーナの頬を両手で優しく包み込み、軽く引き寄せた。そのまま唇を柔らかく啄まれ、驚きに身を強張らせる。使用人たちがいるというのに、こんなことをしていいのだろうか⁉

「あ、あの、ヴァルタルさま……こ、ここでは、その……ん、んん……っ」

唇を擦り合わせるように柔らかく啄まれ、舌先でぺろりと軽く舐められる。優しいが淫らなくちづけに驚いて反射的に身を引こうとするが、ヴァルタルの右腕が腰に絡んで強く引き寄せられる。

「……ん……んん……っ⁉」

上体を押し被せてきて、舌を搦(から)め捕(と)られ舐め合わされる官能的なくちづけを与えられる。蕩けてしまいそうなほど気持ちがいい。

「……は……レーナ……っ」

息継ぎの合間に掠(かす)れた声で名を呼ばれると、きゅんっ、と下腹部が甘く疼(うず)いてしまう。

このままヴァルタルに身を委ねたくなるが、ここは食堂で使用人もいる。レーナの知る夫婦や恋人たちは、こんなに堂々と人目のある明るい場所で触れ合うことなどなかった。

「……は、ふ……ん、ん……も、もう、駄目……です……」

唇の角度が変わる隙を狙って何とか押しとどめようとするが、効果が一切ない。それどころか反論されてしまう。

「僕の妻となるのだから、このくらいの触れ合いは慣れてくれ。大丈夫だ。君の身体の負担もちゃんと考えている。今は……くちづけだけだ……」

引き出された舌先を、ちゅっ、と軽く吸われ、膝から力が抜けた。ヴァルタルは危なげなく抱き留(と)めて微笑む。

綺麗で魅力的な微笑みなのに——胸がドキドキするほど色めいたものだ。

だが先ほどのヴァルタルの言葉でレーナは青ざめた。

初夜の負担が癒されたら、またあのときのように求められるのか。求められないときは、こんなに官能的なくちづけを与えられるのか。

（こ、これは夫婦として当然のことなのかしら……!?）

ひとまず満足してくれたようでくちづけを止め、ヴァルタルが椅子に座らせてくれる。使用人たちは表情一つ変えず、穏やかな微笑を浮かべたままで給仕を始めた。

ここではこれが当たり前なのだ。これまで自分が生きてきた世界とは違いすぎる。

ましてやここは、死者の魂が集まる天の国のはずだ。天の国独特の習慣というものもあるだろう。ヴァルタルの隣に立つ者として学ばなければならないことが多すぎる。

よく磨かれた透明なグラスに、オレンジの果汁が注がれる。さらに白パンが置かれ、数種類のジャムやバターが小分けして盛られた皿が置かれた。

孤児院で教えてもらったテーブルマナーを思い出しながら少々緊張してパンを取ろうとしたとき、ヴァルタルが自らサラダやチーズ、ハムなどを小皿に取り分けて差し出してくれた。

「たくさん食べるんだ。果物も取ってあげよう。これも君の口に合う味だ。ああ、これも」

（……旦那さま自ら給仕をするのって……当たり前のこと……!?）

「給仕なら私が……!!」

「ああ、気にするな。君の世話は僕がしたい。離れていたぶん、君を構いたいんだ」

大事にしてもらえている喜びが心を温かくする。彼への思慕も、同時に強まった。

（でも、天の国の習慣とか法とかマナーとか……教えていただかないと……）

そう思っている間に、目の前の皿には様々な料理が取り分けられていた。

「今日中に君のドレスの着付け方法も教えてもらっておくから、これから君の着替えは僕がする。入浴も一緒だ。今夜は髪を洗ってあげよう。髪にいい洗髪剤や美容液も色々と取り寄せてある。君の肌の手入れも僕の役目だ。手入れなど必要ないほど君の肌は滑らかで、僕の指に吸いつくように瑞々しくて気持ちよかったが……女性はそういう基礎的な部分の手抜きをしてはいけないのだろう？　そうだ。今のドレスの着心地はどうだ？　君のサイズ通りに作っておいたが……どこか苦しいところがあるのならばすぐに作り直すから、遠慮なく言うように。さあ、口を開けて」

誰にも一切口を挟ませないほど淀みなく言いながらヴァルタルはレーナの隣に座り、一口サイズに切ったハムをフォークに刺して差し出す。勢いに圧倒されていたため、気づけば言われるままに口を開き、むぐむぐとハムを食べてしまった。

（す、すごく美味しい……いいえ！　そうではなくて……っ!!）

さすがにこれは恥ずかしいと言う前に、ヴァルタルがふいに顔を近づけて口端を舐めた。

「すまない、ソースをつけてしまった。……うん、美味しい」

「ヴァ、ヴァルタルさま！」

「僕の妻になるとはこういうことだ。言っただろう？　僕がいなければ生きていけなくなるほどにすると」

確かに聞いた。だが外聞もある。一人で食事もできない妻は、天の国では受け入れられるのだろうか。

「天の国ではそんな奥さまでも許されるのですか？　まずはこちらでの常識を教えていただきたいです。ヴァルタルさまが悪く言われるのだけは嫌ですから」

ヴァルタルが訝し気に眉を寄せる。だがすぐに納得して頷いた。

「……ああ、そうか。事情を説明せずに連れてきてしまったからだな。すまない」

小さく頭を下げられ、レーナは慌てて首を横に振った。

「ヴァルタルさまが謝られることではありません！　私が理解できていないだけの話で……」

「ありがとう。だが今回の非は僕にある。レーナ、そもそも僕たちは誰も死んでいない」

言われたことがよくわからず、レーナはゆっくりと瞬きした。

（ヴァルタルさまも私も、死んでいない……？）

では六年前の知らせは――空っぽの棺は何なのだ。遺体に最期のお別れも言えず、彼にもう会えないことを嘆いた日々は、いったい何だったのだ。

困惑と動揺で上手く頭が回らない。レーナはヴァルタルの手に触れた。

指を絡めるようにして深く握りしめる。温かい。この熱は魂の熱でもあり、肉体の熱でもあるのだ。

「本当に生きていらっしゃるのですね……？」

「ああ、そうだ。僕は生きている」

ならばいい。それでいい。レーナは目を伏せる。瞳から、涙が溢れた。

レーナは嗚咽を堪え、顔を上げる。涙は止まらなかったが、笑った。

「ヴァルタルさまが生きていらっしゃること、それが私のすべてです。またこうしてお会いでき、て……嬉し……」

それ以上は言葉にならない。ヴァルタルがレーナを力の限り抱きしめた。

ヴァルタルにしがみつき、子供のように声を上げて泣きじゃくる。ヴァルタルが髪や背中を撫で、涙を唇で吸い取ってくれる。

彼もまたどこか泣きそうな顔だった。

「六年もの間、君を迎えに来れなかった力無い僕を、どうか許してくれ。許してもらえるよう、何でもする。だからレーナ、泣き止んでくれ」

「もう……もう、どこにも行かないで……！　わ、私の傍にいてください……！」

「ああ、約束する。君の傍からもう二度と離れない」

ヴァルタルはレーナが泣き止むまで、何度もそう繰り返してくれる。

ようやく涙が止まった頃には、食堂には二人きりだった。使用人は下がったらしい。

「……すみません。私、みっともない真似を……」

「君は何も悪くない。そうだな……順を追って話そう。何から話せばいいか……まずは私の生まれのことからか」

そんなふうに始まった説明は、レーナにとって驚きの連続だった。

――ヴァルタルの父親は先代国王で、母親はこの領地を治める伯爵の娘だという。伯爵といってもかろうじてその位にある程度で、王都に出れば田舎貴族と嗤(わら)われる身分らしいレーナは領主の伯爵を年に数度、目にしたことがあったくらいだ。彼はあまりこの地を訪れることはなかった。ここが伯爵の治める地の中でも一番の田舎だからだろうと、その程度にしか思っていなかった。

なるほど、その伯爵の血縁だからこそ、ヴァルタルはあの屋敷に住んでいたのか。

ヴァルタルの母・シーラは先代国王の目に留まり、第二王妃として迎えられ、彼を産んだ。だがそのときにはもう第一王妃との間に、異母兄であり現国王であるゴッドフリッドが生まれていた。ヴァルタルとは一歳しか離れていない自分の息子が必ず王太子になれるよう、第一王妃は様々な手を使ってシーラを王城から追い出した。

政権争いに負けたシーラは実家を頼ったが、家督を継いでいた兄に第一王妃を敵にすることや厄介(やっかい)ごとはごめんだと、この地にヴァルタルとともに追いやられた。

産褥(さんじょく)熱や政権争いに負けた心労により、シーラはそのまま体調を崩し、あっという間に他界した。伯爵は第一王妃に睨(にら)まれることを恐れ、遠縁でもあるヘルマンにヴァルタルを任せた。

やがて自分の立ち位置や状況、しがらみなどを理解し、ヴァルタルは必要以上に他人とかかわらないようになった。それが相手にもいいことだと思ったそうだ。

それがかつての――人形のように感情がなく、何ものにも心を動かすことのないヴァルタルを作り出した。

だがレーナと出会い、自分の家族の一員として育てることによって、今の彼ができた。レーナが健やかに生きていけるよう――この田舎領地を誰にも踏み荒らされることのないよう、へルマンのもとで知識と経験を積み重ねた。ヴァルタルはここでレーナとともに一生を終えるつもりだったという。

だが六年前、ヴァルタルを取り巻く環境が一気に変化した。

ゴッドフリッドが流行り病に倒れ、高熱で一週間ほど生死の境をさ迷った。第一王妃の睨みがあったため、王城内でヴァルタルのことは禁句となっていたが、同じ流行り病で先代国王が先に死亡したこともあり、万が一ゴッドフリッドが亡くなったときのためにヴァルタルを早急に呼び寄せるべきだという声が上がった。状況的に第一王妃も拒みきることができず、ヴァルタルは王城に呼び寄せられる。

もしヴァルタルが王太子になった際、第一王妃が彼を追いやった事実が公になるのはあまりよくないと、この地で生きてきたヴァルタルの歴史を終わらせることにした。それが、馬車での事故死だ。

事故は偽装だったが、この領地にいたヴァルタルは死亡する。その後、シーラ亡きあとも彼女の実家で育てられていた第二王子のヴァルタルが作り出された。そして王城に召喚され、表舞台に出る。

その後、ゴッドフリッドは一命を取り留め、目まぐるしい回復を遂げた。第一王妃は歓喜し、ヴァルタルを追い落とそうと策略を巡らせた。それを察知したゴッドフリッドが、あまりにも自分勝手すぎる母親の所業に呆れ、窘め――王位を継いだのを機に、第一王妃には表舞台から退いてもらったという。

確かにゴッドフリッドの生母は、今は王国の東にある避暑地で隠居生活を送っていると、噂で耳にしたことがあった。

「――僕と兄上は立場こそ違ったが、結局、当時の大人にいいように扱われていた。その空しさと悔しさともどかしさは、兄上も同じだった。だからこそ、兄上は僕を大事にしてくれる。僕も兄上が大事だ」

出会いは最悪だったかもしれない。だがそれでも兄弟の絆を築けたのは、ヴァルタルの心が鋼のようにしなやかで強いからだと思う。

「ヴァルタルさまはやっぱり凄い方です。私だったらきっと、自分の境遇を嘆くばかりで、何もできなかったと思います……」

そう。ヴァルタルの死を乗り越えられず、彼のあとも追えず、生きながら屍になっていたように。

ヴァルタルが優しく笑った。

「君のおかげだ、レーナ。君と一緒に過ごした日々のおかげで、誰かを大事にできることを思い出した。僕に色々な感情を戻してくれたのは君だ。ありがとう、レーナ」

柔らかいくちづけが礼とともに与えられる。何かしてやれた自覚はまったくないが、役に立てていたのならばそれでいい。

これからは彼の妻としてまた役に立てるように頑張りたい。そう思った直後、レーナはとんでもない事実に気づいて青ざめた。

（今、ヴァルタルさまは、王弟殿下ということ……）

「今の僕は、ヴァルタル・ノルデンフェルト公爵だ。僕は母を見捨てた家名を名乗りたくなくてな……兄上が僕のために作ってくれた新たな家名だ。そして君が、その初代公爵夫人となる。君との結婚の約束をようやく果たすことができて、とても嬉しい……」

肩を抱き寄せられ、再びくちづけられそうになる。レーナは慌ててその唇を右掌で遮った。

「……レーナ？　君にくちづけたい。この手をどけてくれ」

「待、待ってください……！　だって、それではヴァルタルさまは……お、王弟殿下ですよね!?」

「ああ。何か問題があるか？」

何も問題がないと思っていることに、レーナは仰天する。どう説明すればいいかもわからず、口を半開きにしたまま止まってしまった。

ヴァルタルは唇を押さえる手を掴んで離し、改めてくちづけようとして止める。

「いや、問題は一つだけあるか……。君に負担をかけてしまうが、公爵夫人としての教育を受けてもらうことになる。貴族社会は色々と面倒ごとが多くていけない」

本当に妻にするつもりなのだ。レーナは気を取り直し、慌てて説得する。

「いけません!!　王弟殿下になられた方の妻が、孤児院出身の……出自がまったくわからない娘だなんて許されません!!」

ふ、とヴァルタルの端整な顔から感情が消えた。心の底を見抜くような強い眼差しで、彼は言う。

「レーナ、僕に教えて欲しい。君が僕の妻になることを、いったい誰が許さないと？」

「それは……世間です」

目に見えず、手に取ることができない存在だ。だがないがしろにできないものであると、孤児だからこそ受けた蔑みや不条理さで理解している。

彼のためにならないことを受け入れられるわけがない。

真っ直ぐ見つめ返して答えたレーナに、ヴァルタルは伏し目がちに小さく笑った。

「なるほど。確かにそれは、ないがしろにしてはいけない敵だ。だが兄上は、僕の結婚を許すと仰っている。君が僕の妻として表舞台に出てきても大丈夫だろうと判断できたならば、婚儀はいつでも構わないと。このアーデンヴェリ王国の国王陛下が許可をくださるというのに、誰が許さないんだ？」

「私は貴族社会のことはほとんど存じ上げませんが、あの小さな領地の中でも身分差による理不尽さというものはありました。孤児院出身というだけで見下されることも多かったのです。ヴァルタルさまに表立って刃向かう人はいらっしゃらないでしょう。ですが、私を傍に置くことで身分に相応しくない者を娶ったと馬鹿にしたり、納得できないとお怒りになる方は絶対にいらっしゃいます」

ふむ、と顎先を軽く指で摘んでヴァルタルが頷く。

どうやら説得に耳を貸してくれるようだ。この機を逃してはならない。

「結婚は、互いを想い合う気持ちだけで成り立つものではありません。どうしても越えられない身分差というものはあるのです。私との結婚でヴァルタルさまへの不満を持った方々が、何かをきっかけにして反旗を翻す可能性が大いにあります。ですからどうかこの結婚はお考え直しください！」

ヴァルタルは最後まで余計な口を挟まず真剣な表情で聞いてくれる。だが話を終えると軽く息を吐き、困ったように眉を寄せた。悩ましげな表情もドキリとするほど麗しい。

「僕は君以外を妻にするつもりはない。僕は君と将来を誓った。それは正式なものではないが、僕と君にとっては大事な約束だ。違うか？」

レーナは唇を噛んで目を伏せる。すぐにヴァルタルが指を伸ばし、レーナの唇を指の腹で撫でて阻んだ。

「僕のレーナには、髪一筋分の傷をつけることも許さない。たとえそれが、君自身でもだ」

そして瞳を間近から覗き込んでくる。美しい煌めきを宿した緑の瞳からは、何の感情も読み取れない。

レーナが黙ったままでいると、ヴァルタルがふと、微笑した。柔らかな声音でからかうように続ける。

「それとも君は僕との誓いを忘れ、僕以外の男ともう契ったのか？　昨夜、僕を受け入れてくれた君の身体は、無垢な乙女のものだったが……」

かあぁっ、と顔が赤くなる。

ヴァルタル以外の男性に身体も心も委ねることはない。あの日、彼が交わしてくれた約束は、レーナの生きる糧だったのだ。

だが、選択を間違えさせてはいけない。大事な人だから、自分のせいで苦労したり辛い思いはして欲しくない。

レーナは気合いを入れ、ヴァルタルを険しい表情で見返した。

「……申し訳ございません。私の身体はまだ無垢なままでしたが、そ、その……将来の誓いを交わした者が……で、できまし、て……」

何て不実な娘なのだと、罵ってくれればいい。

だがヴァルタルは、困ったように微笑を深めただけだった。レーナの言葉をまったく信用していないのがわかる。

「嘘ではありません。私はヴァルタルさま以外の人と将来の約束をして……!!」

ヴァルタルが、ふ、と小さく息を吐く。そしてレーナの胸元に下げられているロケットペンダントを手に取った。

「ヘルマンから君の消沈した様子を聞いて……居ても立ってもいられず、あのとき、君のもとを訪れた。君はほとんど食べなくなって痩せこけて……泣いているか、泣き疲れて眠っているかのどちらかだったから、魂のない抜け殻のようだった。君の方が死人のようだった……」

ヴァルタルが痛ましげにぎゅっと強く眉を寄せる。

「このペンダントのおかげで君が元気を取り戻したとヘルマンから聞いて、心から安堵した。

君を傍に置き留めることのできなかった力の無い僕を、どうか許してくれ」

レーナは慌てて首を左右に振る。ヴァルタルが、ぱちん、とロケットペンダントを開けた。

「僕たちはこの花を『王家の花』と呼んでいる。亡き母が、僕が第二王子である証として渡してくれたものだ」

ではこれは、ヴァルタルの母との大事な思い出の品ではないのか。レーナは驚きに目を瞠る。

「そんな大事なものを……これはヴァルタルさまが持っているべきものです……!!」

「大丈夫だ。元々これは、僕の妻となる君に渡すつもりのものだった。渡す時期が早くなっただけだ。今までのように、君に持っていて欲しい」

ヴァルタルがレーナの手を取り、開けたままのロケットを握らせる。

「で、でも私はもう、こちらを持っている資格はないのです。私はヴァルタルさま以外の人を、好、好きになった、ので……」

偽りを口にしなければならないことに、胸が痛む。だがこれが彼のためだ。

押し戻そうとするがヴァルタルはレーナから手を離さない。

「この花は王城の地下、厳重な監視と管理のもとで咲く花だ。これはそこでしか咲かない。別の場所で咲かせようと植え替えても、あっという間に枯れてしまう。だが王族が摘み、適切な処置をすれば、こうしてドライフラワーとして保存することもできる」

不思議な花だ。そんな花が存在するのか。

「一番特異なのは、この花が王族に与える影響だ」

説明しながらヴァルタルは。レーナの手の甲を指先で撫でている。そして指の隙間に入り込み、レーナの掌の下にある花に触れた。

「想い合う者と一緒にこの花に触れると──発情する」

（発、情……っ？）

どくん……っ、と鼓動が大きく脈打った。一瞬のうちに身体が熱く疼き、身悶（みもだ）えしたくなるほどの欲情が全身を駆け巡る。レーナは大きく目を見開き、慌ててロケットから手を離した。

呼吸が荒くなる。肌が敏感になり、空気の流れさえも感じ取れそうだ。

身体が熱い。肌にまとわりつく布地の感触がとてもわずらわしい。ドレスを脱いで、ヴァルタルと素肌を触れ合わせたくなる。

（昨夜と同じ……!?　ヴァルタルさまと……繋がり、たい……）

昨夜はその欲望が何なのか、よくわからなかった。だが彼と身体を繋ぐ快感を知ってしまった今は、求めるものが何なのか──よく、わかる。

ヴァルタルがゆっくりとロケットを閉めた。彼もまた、レーナほどではないものの息を乱している。

いや、耐えている。きつく眉根を寄せた表情や時折息を呑む仕草が、ひどく色めいていた。それを目にしただけで、欲望がレーナの身体と心を支配していく。

（……あ、あ……どうし、よう……ヴァルタルさまと、触れ合い、たい……）

無意識に伸ばしていた手を取られ、指を絡め合うように握りしめられた。たったそれだけで触れた場所から蕩けるような快感が生まれ、全身を巡り、レーナはヴァルタルの胸に倒れ込む。ヴァルタルが抱き留め、髪から背中を優しく撫でた。

気持ちがいい。もっと直接触れて欲しい。

（昨夜のように、私をめちゃくちゃに乱して欲しい……!!）

抱いてください、と言ってしまいそうになり、慌てて唇を緩く噛みしめる。ヴァルタルがその唇を軽く舐めてきた。

慌てて離れようとすると後頭部を押さえつけられ、強引に深いくちづけを与えられる。舌を搦め捕られ強く吸われ、混じり合った唾液を飲み込みきれずに口端から零れるまでくちづけられた。

「……あ……はぁ……っ」

唾液の糸を引きながら唇が離れたときにはもう、レーナの身体はどこを触られてもビクビクと震えるほど熱く昂ぶっていた。

蜜口がじっとり濡れ、綻んでいる。それどころかそこをヴァルタルの熱く太い男根で埋めて欲しいと言わんばかりに疼き、花弁がヒクヒクとひくついていた。

「レーナ、君が僕のために嘘をついてくれていることはわかっている。だが、嘘はいけない。君は僕を昔と変わらず……いや、昔以上に僕を想ってくれている。そうでなければ、花は反応しない」

（ああ、そうよ。私はヴァルタルさまが好き。ヴァルタルさまも私のことを……だから欲しがってもいい、はず……ああ、でも駄目……それは、もう駄目なこと……）

相反する二つの感情がせめぎ合う。だが今は欲望がほんのわずか、理性を上回っていた。

（ヴァルタルさまに、抱かれたい）

「一度花が発動してしまったら、互いに果てなければ終わらない。レーナ、僕にして欲しいことがあるだろう？　教えてくれ。僕に、どうされたいんだ？　君がして欲しいことは、僕がしたいことでもある。さあ、レーナ……素直に、ありのままに言ってくれ……」

耳元で熱く甘く囁かれると、言ってしまいそうになる。抱いて、と。

（いいえ、駄目……!!）

レーナは慌てて首を左右に振った。

「私、は……っ！　ヴァルタルさまに離れて……欲しい、です……っ!!」

「花の力でずいぶん疼いているだろうに、まだ耐えるのか。君は本当に僕のことを大事にしてくれているんだな……ああ、愛しているよ、レーナ……」

ヴァルタルが尖らせた舌を耳の穴の中に押し込み、ぐちゅぐちゅと濡れた音をさせながら激しく舐め回す。それだけで身体が震え、快楽で力が入らなくなった。

「あ……駄目、いけま、せ……舐めないで……っ」

ヴァルタルは耳を愛撫しながらレーナの腰を掴んで抱き上げ、テーブルに座らせた。食器を腕で押しやりながらレーナを仰向けに押し倒す。

次にはたっぷりとしたスカートを捲り上げる。足が露になって羞恥に驚くより早く、ヴァルタルの身体が間に入り込んできた。これでは逃げようとしてもできない。

ヴァルタルがレーナの股間に腰を強く押しつける。そこはもう固く膨らみ、熱を孕んでいた。

息を呑んで、ヴァルタルを見返す。緑の瞳は欲望に淀んでいるのに、相変わらず美しい。

ヴァルタルがレーナの右足首から膝までを、焦らすようにゆっくりと撫で上げた。たったそれだけの愛撫で蜜口がさらに濡れ綻び、喘ぎが零れそうになる。レーナは唇を強く引き結んだ。

ヴァルタルが右足の靴下の履き口に指をかけ、レーナの顔をじっと見つめながら足首まで引き下ろした。ふくらはぎを優しく掴んで覗き込む。

「……ああ、君の印だ……」

右のふくらはぎの内側に、小指の先ほどの小さな痣があるのだ。

丸みのある五つの先端を持つ星形の痣だ。見ようによっては五つの花弁を持つ花のマークにも見える。生まれたときから持っている痣で、痛みはない。

人には滅多に見せることのない位置にあるため、時折自身ですら忘れてしまいそうになる印だ。

ヴァルタルはレーナの足を持ち上げ、唇に引き寄せて印にくちづけた。びくっ、と震えると、舌で優しく舐め回す。

「……ん、んん……ん……っ」

捲くれ上がったスカート生地をきつく握りしめて、レーナは喘ぎを堪える。だが瞳はヴァルタルを見つめたままだ。

本能がもっと強い愛撫を望んで、目が逸らせない。ヴァルタルもまた、熱い視線をレーナに注ぐ。

「可愛いレーナ。我慢は身体に負担をかける。僕にどうして欲しい……？」

「……は、離れて……くだされば……きゃ……っ」

ヴァルタルは手早くレーナの下着を脱がせると、恥丘を掌で包み込んだ。優しく押し揉まれる。

「……駄目、ヴァルタルさま……それ以上、は……んぅ……っ！」

拒絶の言葉は深いくちづけで押し潰される。

ヴァルタルの身体が押し被さってきた。くちづけは息もできないほど激しいのに、指の動きは優しい。

ヴァルタルは恥丘をしばらく押し揉んだり淡い下草を撫でたりしたあと、ゆっくりと指の腹で蜜口に触れた。

「……っ!!」

蜜を指の腹に塗るように蜜口を擦られて、レーナは仰け反った。だがヴァルタルの身体が重しとなり、逃げられない。

ヴァルタルはレーナの頬や項にくちづけながら言う。

「ああ、ほら……僕を受け入れてくれたところがこんなに赤く腫れてしまって……すまなかった。痛かっただろう？」

愛蜜でぬるついた指が割れ目を愛おしげに優しく擦る。確かにひりつくような違和感があるものの、今はそれすらも身体を昂ぶらせるだけだ。

（痛い……？　ええ、ヴァルタルさまを受け入れたときは、そこが裂けるかと思ったけれど……でもそれも、ヴァルタルさまがくれたものだから……）

愛しいだけだ。そして痛みのあとには意識が飛ぶ快感がやってきたのだ。

あの快感をまた、与えてもらえるのか。

知らずレーナは自ら腰を揺らし、ヴァルタルの指に花弁を擦りつけていた。彼が小さく笑い、浅い部分で指を出し入れする。

優しい指の抽送（ちゅうそう）は、甘い快感を与えてきた。蜜が滲（にじ）み出し、指の動きに合わせて、くちゅくちゅ、と水音が上がり始める。

「いい子だ、僕のレーナ……そう、素直に僕を求めればいい……。僕が、欲しいだろう……？」

「……あ……あぁ……だ、め……です……。もう、触らない、で……」

強引に引き出される快楽に呑み込まれないようにしているのに、身体は素直に反応してしまう。蜜口と花弁はヴァルタルの熱い楔（くさび）を求めてうねり、浅い部分で優しくかき回してくる彼の指に吸いついていた。

（駄目……なのに……お応えしては、いけないのに……）

ヴァルタルが熱く息を吐き、悩ましげに眉を寄せた。

「僕が欲しいと、君のここが教えてくれている」

「……ちが……違い、ます……っ」

「違うのか？　ここは……少し撫でただけでこんなに蜜を滴らせているのに」

己の淫らさを呪いたい。レーナはぎゅっと目を閉じ、唇を強く引き結んでヴァルタルの肩を押す。

すると、愛蜜を纏ったヴァルタルの指が優しく花芽を摘み、押し揉み始めた。

「……あぁ……っ！」

敏感な芽を弄られ、抵抗はすぐに消えてしまう。ヴァルタルはレーナの反応をじっと見つめながら、花芽を撫で擦った。

「……あ……あ、ヴァルタル、さま……いけませ……そこ、は……っ、あぁぁ……っ」

「ここを捏ねられると気持ちがいいんだな？　痛みはないか？　もう少し優しくした方がいいか？」

「……あ、あぁ……駄目……そこ、それ以上、触っちゃ、駄目……っ」

このままでは達してしまう。レーナは縋るものを求め、スカート生地を強く握りしめる。

「……あ、ぁ……駄目、いっ、ちゃ……いっちゃ、う……っ」

「達していい。だが君が縋るのは僕だ」

促されるまま、ヴァルタルの腕や肩を掴む。

ヴァルタルの指に優しく追い上げられ、もう堪えきれない。レーナは彼にきつくしがみつき、広い肩口に顔を埋めて達した。

「……あぁぁっ!!」

腰を軽くせり上げ、全身を震わせる。ヴァルタルは快楽の涙を唇で吸い取った。

達したのだから落ち着くかと思ったのだが、違った。甘い快感による疼きはまったく引かず、それどころか強くなる。

レーナは戸惑って目を見開いた。達すればこの熱も収まるのではなかったのか。

「……か、らだが……まだ……ど、うして……？」

レーナの額に軽くくちづけ、ヴァルタルが息苦しそうに言った。

「僕がまだ達していないからだ」

「え……あ……っ！」

ヴァルタルがレーナの上から身を起こし、その場に跪いた。達してひくつく内股の間に、ヴァルタルの頭が入り込む。

そのまま淡い茂みにくちづけ、何の躊躇いもなく蜜口に吸いついてきた。

「……ひゃ、あ……ああっ!!」

蜜を啜り上げる音をわざと立てながら、ヴァルタルの舌と唇が蜜口を愛撫する。指の愛撫よりも強い快感がレーナに襲いかかってきた。

「……あっ、ひ、ぃ……んっ、あぁ……!!」

蜜を舐め取るように、舌で花弁を執拗に舐められる。慌てて引き剥がそうとヴァルタルの頭を掴むと、軽く歯を立てられて甘噛みされた。びくんっ、とまた達してしまい、蜜が菊門まで伝っていく。

　もったいないと言わんばかりにヴァルタルは菊門まで舌を伸ばす。丁寧に蜜を舐め終えれば、今度は花芽を尖らせた舌先でちろちろと嬲(なぶ)った。

「ああっ、駄目……それ、駄目……っ！」

　花芽を唇で挟まれ、扱(しご)かれる。レーナはヴァルタルの艶やかな黒髪を強く握りしめ、再び達した。

「……あー……っ!!」

「……っ」

　痛みがあるはずなのに、ヴァルタルは一切構わない。続けざまに達し、レーナは荒い呼吸を繰り返す。胸が激しく上下し、なかなか息が整わない。

　ヴァルタルは溢れた蜜を味わい、今度は蜜壷(みつつぼ)の中に舌を押し入れてきた。

　初めて肉竿を受け止めた蜜口を労(いたわ)るように舐めてこられ、レーナは大きく目を見開いた。新しい感触と快感に戸惑ってしまう。

「……ヴァ、ヴァルタル、さま……それ、な、に……っ」

　ヴァルタルが一旦愛撫を止める。

「僕の舌の方が痛みも少ないだろう？」

（舌……っ!?　そんなもの、私の中、に……!?）

だが身体は悦んでいる。舌が引き抜かれ、蜜口が不満げにひくついた。

「これだと君の一番奥まで可愛がってやれないのがもどかしいが……今日はそれで我慢してくれ。その代わり、たっぷり愛してあげよう」

「……い、いいです、私はもう……っ！　そ、れよりも、ヴァルタルさまの方、が……ああっ、駄目、駄目ですっ。もう舌は、やめ……あぁ……っ」

慌てて止めようとしても、ヴァルタルの舌が再び花芽や蜜口、花弁を丁寧に——いや、執拗に愛撫してくる。

蜜を強く啜られては達し、花芽を唇で柔らかく扱かれ甘噛みされては達し——何度達したのかもわからなくなる。それでもヴァルタルが達していないから花の効果が効き続け、いつまでも甘い責め苦に苛まれるままだ。

身悶えたせいで、テーブルクロスはぐちゃぐちゃだ。食器も位置を変えている。それでも愛蜜でドレスも床もあまり汚れていないのは、ヴァルタルの舌と唇が綺麗に拭ってくれるからだ。

レーナは快楽の涙を零しながら、喘ぎの合間に言った。

「……も、もう……いっ、て……ヴァルタル、さま……っ。お、願い……わ、たし……お、かしく……な……あぁ……っ」

ちゅうっ、と花芽を吸われ、レーナは腰を震わせる。

再び達したレーナの上に身を重ね、ヴァルタルは愛おしげに頬を撫でた。今はもうそれだけの愛撫でも、身体がビクビクと打ち震えるほどに感じてしまう。

「……僕に達して欲しいか……？」

熱い声は、欲望のままに振る舞うことを耐えて掠れている。その掠れた声がゾクゾクするほど色っぽくて、蜜口から新たな蜜が滲み出した。

（ああ、いけないのに……欲しくて、たまらないの……）

かろうじて残っている理性が、言葉を飲み込ませる。だが見返す瞳は、物欲しげにねだっていた。

ヴァルタルが、は……っ、と小さく息を吐き、レーナの瞳を食い入るように見返しながら腰元を手早く緩める。

弾けるように飛び出した太く逞（たくま）しい肉竿の雄々しさに、レーナは息を呑んだ。先走りの透明な雫を先端から滴らせ脈動を露にした狂暴なものを、昨夜自分が受け止めていたのかと疑問に思う。

だが恐怖はない。それどころか早く突き入れて、激しく揺さぶって欲しくなる。

（……っ、私、何を考えて……っ）

ハッと我に返り、レーナは狼狽（うろた）える。

その様子に気づいたヴァルタルが、ふと眉を寄せる。心に痛みを覚えたかのような表情だった。

身体の火照（ほて）りに悩まされながらも、レーナは心配になって呼びかけようとする。それよりも早くヴァルタルが男根を掴み、蜜口に押しつけた。

「……あ……っ」

入ってくる、と反射的に身が強張る。反して蜜口は喜びに打ち震え、男根を受け入れようとうねった。

ヴァルタルが小さく笑った。

「君の身体は僕を欲しがってくれている。だがこれは、花の効果によるものだから、な……君の心は、どうだ……？」

自嘲的に言って、ヴァルタルが男根を蜜口から離した。与えられるとばかり思っていたものが遠のき、レーナは困惑してしまう。

(欲しい。でも駄目)

レーナは開きかけた唇を強く引き結ぶ。ヴァルタルが微苦笑した。

「わかった。ならば君が本心から僕を欲しがるまでは、入れない」

だがそれでは花の効果がずっと続いたままだ。自分のことはこの際どうでもいいが、ヴァルタルだって達せられずに辛いはずだ。

「……それじゃ、ヴァルタルさまが……っ」

早く自分の中に入って、好きなだけ精を吐き出して欲しい。でなければずっと、彼にもこの辛さが続くのだ。

レーナは上手く力が入らない身体を動かし、だらしなくテーブルの端から落ちた両足に手を伸ばす。内股に手を添え、自ら開いた。

ヴァルタルが軽く目を瞠る。

「は、やく……私の中に……そうでないと、ヴァルタルさまがお辛いです……っ」

「本当に君は無垢すぎて……かえって質(たち)が悪い」

どういう意味だと問いかけようとした唇を、深いくちづけで塞がれる。のしかかられ、ようやく貫かれると思ったが、肉竿は裏筋で割れ目をぬちゅぬちゅと擦るだけだった。

内股を押し広げていた指が、肉竿に触れる。硬さと熱に驚き、反射的に手を離そうとする。

するとヴァルタルがレーナの手首を掴んで引き寄せた。

「……僕も、君で達したい。だから……触って、くれないか」

頷くが、どうしたらいいのかわからない。ヴァルタルがレーナの耳元に唇を寄せ、低く囁いた。

「……俺のものを握って……そう、いい感じだ。上下に、扱いて……」

教える声は、レーナの手の動きに合わせて時に乱れ、時に息を詰め、時にひどく感じ入った色気ある吐息に変わる。自分がそうさせているのだと思うと、もっと奉仕したくなるから不思議だ。

（ヴァルタルさまが私で気持ちよくなってくれてる……嬉しい……）

先走りの雫を潤滑剤にして、レーナはヴァルタルが求めるまま肉棒を扱いた。

こんなに強く握ってもいいのかと問いかければ、もっと強くていいと返される。レーナの手の中で男根はさらに膨らみ、硬度を増した。

「……ああ、いい……レーナ……っ」

もっと悦ばせたくて他に何かできないかと問いかけようとした唇に、ヴァルタルの激しいくちづけが与えられた。

くちづけの激しさに反して彼の骨ばった指が優しく蜜口を擦り、浅い場所を柔らかくかき回した。何度も達して敏感になっているそこは、どれほど穏やかな愛撫でもあっという間に頂まで駆け上がる。

「……っ‼」

ヴァルタルの口中に歓びの声を吹き込みながら、レーナは反射的に男根をきつく握りしめる。ヴァルタルが呻き、腰を震わせた。

肉棒の先端から、勢いよく熱い精が迸る。掌だけでなく、スカートが捲れ上がったままの下腹部や内股、蜜口を熱く濡らした。

青臭いどろりとした感触に、レーナは快感の余韻に打ち震えながらも大きく息を吐いた。

ヴァルタルがレーナの手を使って何度か肉竿を扱き、腰を小さく打ち振って最後の一滴まで放つ。レーナの淡い茂みに散った雫を指先で救い取ると、優しく花芽に塗り込んだ。

甘い刺激に小さく喘いでしまったが、今度は理性を保つことができる。ヴァルタルも息を乱していたものの、瞳に宿る獰猛さがゆっくりと引いていくのがわかった。

ヴァルタルがレーナの頬を滑り落ちた快楽の涙を優しく舐め取り、唇に柔らかくくちづけた。そして瞳を覗き込み笑う。勝ち誇った笑みだった。

「君の可愛い嘘は、聞かなかったことにしておこう」

レーナは目を伏せる。この程度の嘘は、花を使えばすぐに見抜かれてしまうのか。

「汚してしまったな……風呂に入ろう」

自分でできます、と反論する前に抱き上げられ、さっさと浴室に運ばれる。レーナの抵抗は完全に封じられてしまった。

【第三章】

その日は結局身体を気遣われ、ヴァルタル自らあれこれ世話をしてくれて、至れり尽くせりの時間を過ごして終わった。夜は彼と一緒に眠ることになり、抵抗しても巧みに躱(かわ)されて、気づけば抱きしめられて眠ることになってしまった。

最初こそ必要以上に触れてはいけないと身を固くしていたものの、朝になればヴァルタルの胸や腕にぴったりと寄り添っている。しかもとても快適な目覚めだった。

これではいけないと自制しようとするが、眠っているときは難しい。だがヴァルタルは、レーナを求めることはしなかった。

優しく抱きしめたり、頬や額に軽くくちづける触れ合いはあるが、それは幼い頃からされている親愛に満ちたものだ。女として、求めてはこない。

少し胸は痛むが、よかった。ヴァルタルも考え直してくれたのだ。

屋敷の中では奥さま扱(あつか)いされているが、衣食住はとても快適だった。そして非常に困るのが、やることがないことだ。

掃除や料理は使用人がしていて、手伝いを願い出ても断られてしまう。

ヴァルタルは好きなように過ごせばいいと言ってくれたが、元々、働くことが――身体を動かすことが好きな質だ。ヴァルタルの傍にいれば彼の世話をしたくてたまらなくなり、用を言いつけられるのを待ってしまう。

だがヴァルタルは、レーナを使用人扱いするつもりが一切ない。この日は結局彼の傍で話し相手をし、一緒に食事をするだけで終わってしまった。

こんな怠惰な日々を送っていてはいけない！　と、翌日、改めて何か仕事を与えてくれと頼みに行くと、ヴァルタルから彼の側付きのミカルを紹介された。

優しい兄のような柔らかな雰囲気を持つ青年は、ミルヴェーデン孤児院出身だという。こんなところで同郷の者と会えたことに驚くと、ヴァルタルはミカルと一緒に荷造りをしてくれと頼んできた。

仕事がもらえた！　と喜び、勇んで手伝う。

とはいえ、荷造りの中身が不思議だ。ヴァルタルの身の回りの小物や衣服、そしてレーナの数日分の衣服だ。クローゼットルームの中から好きなものを選ぶのが、レーナのこの日の主な仕事だった。

午後の茶の時間の前には、荷造りが終わる。様子を見に来たヴァルタルに、この荷物をどうするのかと何気なく問いかけると、驚きの答えが返ってきた。

「ああ、明日、王都に発つからだ。僕の今の活動拠点は、王都の自邸だ。もちろん、僕の妻となる君を連れていく」

レーナの驚きも戸惑いも窘めも魅力的な笑顔と言葉で押さえ込み、あれよあれよという間に翌日、馬車に乗っている。

しかもヴァルタルは領地を出る前にミルヴェーデン孤児院に寄り、子供たちにレーナと結婚するから王都に連れて行くのだと伝えたのだ。

レーナは仰天したが、ヘルマンや職員は驚いていない。ヴァルタルの正体を知らない子供たちは、素敵な貴族の男性がレーナを見初めて妻とし、金に困らない素晴らしい生活を送らせてくれるのだと喜んでくれる。

次々と祝福の言葉と抱擁をもらうと、求婚を断ったとは言いづらかった。

「身辺が落ち着いたら絶対に顔を見せに来るんですよ。ヴァルタルさまと一緒にね」

「わぁあん、レーナ‼　手紙‼　手紙送ってねー‼」

「幸せにね、レーナ‼　私も玉の輿狙うわ‼」

どこか的外れな応援も混じった見送りに手を振ると、馬車は王都に向かう。

車内は二人きりだ。レーナは思わずヴァルタルを窘めた。

「子供たちにあんな嘘をついてはいけません！」

「確定した未来だ。嘘ではない」

「私は求婚をお断りしました。そんな未来は来ません！」

わざとつっけんどんに言うと、ヴァルタルは車窓の枠で軽く頬杖をつき、小さく笑った。その笑みが少し寂しげで、胸が痛む。

目を伏せるとヴァルタルが続けた。

「これで君が院に戻ったとしても里帰りだと思われるだろうし、長期の滞在は不審がられるだろう。例えばもし君が院に逃げ込んだとしても、私が尋ねれば君がいるとすぐに教えてもらえるだろうな」

（それは私が院に戻っても、ヴァルタルさまの妻として帰るように諭されるということ……）

やられた、とレーナは目を剥く。先ほどの寂しげな表情はどこに行ったのか、ヴァルタルが実に美しく完璧な笑顔を向けてきた。

数日後には、王都のノルデンフェルト公爵邸に到着した。途中、泊まった宿も高級なところばかりで、とても快適な旅程だった。

門をくぐってもすぐには大玄関に辿り着けないほど広く、噴水がある前庭を中心に、四階建ての三棟が左右と正面に並ぶ立派な屋敷だ。

面食らって言葉をなくしながらも、ヴァルタルのエスコートで馬車を降りる。大玄関にずらりと並んでお仕着せの使用人たちが出迎えた。

「お帰りなさいませ、旦那さま、奥さま」

その呼び方は駄目だ。レーナは慌てて止めるが、彼らは皆、涼しい顔をして言う。

「申し訳ございませんが、旦那さまにそうお呼びするように命じられています」

命令に従っている彼らにこれ以上はやめて欲しいとは言えなくなる。ならばヴァルタルに直談判するが、彼は優しい笑顔で明日の仕事を言いつけた。

「明日、僕の信頼するバーリー女史という方が遊びに来てくれる。おもてなしをしてくれ」

仕事を言いつけられること――ヴァルタルの役に立てると嬉しくなり、すぐに笑顔で頷く。

「わかりました！」

「ではまたあとで。レーナを頼む」

使用人たちがレーナを部屋に案内してくれる。ヴァルタルと別れてしばらくして、先ほどの奥さま呼びを止めてもらいたい件をうやむやにされたことに気づいた。


ヴァルタルの客人だから、間違いなく貴族階級の方だろう。自分がもてなして大丈夫だろうか。最低限のマナーは学んでいるが、それで通る相手なのだろうか。

(でも、ヴァルタルさまに任せていただいた仕事だもの！　頑張るしかないわ……‼)

この時間、ヴァルタルは執務中だ。どうしても片付けなければならない書類があるという。だからレーナに頼むと言ったのだ。

ヴァルタルの期待にしっかり応えなければ。レーナは応接室の扉の前で、一度、大きく深呼吸してから扉をノックし、中に入る。

ソファに座って待っていたのは、品のある年配の女性だった。レーナが入るとすぐに立ち上がり、優しく穏やかな微笑を浮かべて礼をする。

美しい所作に見惚れてしまい、反応が遅れた。少し焦って挨拶を返すと、彼女は笑顔のままで言った。

「十点。エレガントではありません」

「……え……っ」

「マイナス五点。その返事もエレガントではありません。ちなみに、今の点数は百点満点中のものです」

（……と、いうことは、今の私には五点しかないということ……!?）

もう一度同じ反応をしてしまいそうになり、レーナは慌てて唇を閉ざす。そしてすぐにめまぐるしく考えを巡らせた。

何が何だかよくわからないが、とにかく彼女に対しては品よく、エレガントにしなければならないようだ。

これまでのマナー教育で得た知識を総動員させ、レーナは柔らかく微笑む。うっかり口を開いたらまた点数が減ってしまいそうで、そのくらいしかできない。

女性は笑みを深めた。

「プラス五点ですね。これはとてもやりがいのある仕事のようです」

レーナは内心で冷や汗をかきながら彼女を見返す。いったい何が起きようとしているのだろう。ヴァルタルから託されたことが失敗に終わったのか。

「初めまして、レーナさま。私はブレンダ・バーリー。ヴァルタルさまの教育係をさせていただいた者です。このたび、あなたの教育をして欲しいとヴァルタルさまから言われて来ました。

どうぞよろしく」

「……あ、あの、どうして私に教師がつくのでしょうか……」

「私はヴァルタルさまに言われただけですので理由は知りません。ですが、引き受けた以上、必ずあなたを立派なレディにします。さあ、無駄口はここまでにして、授業を始めます。まずは歩き方をきっちり矯正しましょう。時間は有限です。やるべきことは手早くやること」

優しげな顔だが吐き出される言葉は厳しい。わけがわからないが、とても反論できる雰囲気ではなかった。

それにヴァルタルの客人だ。下手に逆らって彼に迷惑はかけられない。もてなしてくれと頼まれたのだ。

ひとまず色々な疑問は呑み込んでレーナは頷き、彼女に従った。


(あ、足、が……攣りそう……っ)

午後の茶の時間までみっちり歩き方の授業をされたレーナは、バーリー女史を見送ったあと、ついにカウチソファにばったりと倒れ込んだ。

ただ、そこそこ重みのある本を頭の上に乗せて、落ちないように真っ直ぐ歩くだけだ。それだけなのに身体が不自然に揺れてしまい、注意されてしまった。たかが歩き方と侮っていたわけではなかったが、普段は使わない筋肉を酷使した気がする。

現在のレーナの持ち点はマイナス五十点だ。これを満点の百点にするには相当努力しなければならないだろう。

さらにこの時間のやり取りだけで、バーリー女史の気質が『オールオアナッシング』だということも感じ取れた。半端な努力では、満点を取るのは難しい。

(でも、高位貴族のご令嬢や奥方さまは、これを苦もなくこなしていらっしゃるのよ。ティーカップやカトラリー以外は持ったことがなさそうな顔をされて……もしかして、皆さま、すごく努力されているのではないのかしら……)

完璧な淑女(しゅくじょ)であるようにと、平民とは違うところで努力し続けなければならないのかもしれない。裕福だから何の苦労もないなどと思ってはいけなかったのかもしれない。

(そうね。努力していることを言いふらすような人たちばかりではないだろうし、私が気づかないだけで、裕福でも苦労されている方もいらっしゃるのかもしれないわ)

それまで高位貴族に抱いていた印象が、少し変わる。レーナは疲れを吐き出すように嘆息したあと、身を起こした。

(立場によって、努力の種類は違うということだわ)

だがどうしてバーリー女史の授業を受けなければならないのか。使用人としての教育ならばまだしも、彼女の教えは令嬢教育だった。それはレーナに必要ない。

(ヴァルタルさまと話さなくては……!!)

すると、扉が軽やかにノックされた。

軋(きし)む身体に鞭(むち)打って自ら扉を開けると、そこにいたのはヴァルタルだった。まだ夕食の時間には少し早い。

「呼んでいただければ伺(うかが)いましたのに……!!」

「そんな使用人まがいの扱いはしないと何度も言っているだろう。君は僕の未来の妻になる人だ。もう少し自覚を持ってくれ」

またそういうことを言って、とレーナは軽く彼を睨(にら)みつけてしまう。だがそんな表情も愛(いと)おしいとでも言いたげにヴァルタルは頬を寄せ、唇に柔らかくくちづけてきた。

慌てて離れようとするとふくらはぎに痛みがやってきて、倒れそうになる。予測していたのか、ヴァルタルの右腕にしっかりと抱き寄せられる。

「……も、申し訳ございません……!!」

「気にするな。バーリー女史から相当扱(しご)いたと聞いた。足に痛みがあるだろう」

「今の一瞬だけです。大丈夫です」

「本当に君は、僕によく嘘をつくな」

軽く嘆息し、ヴァルタルはレーナを抱き上げ、カウチソファに運ぶ。レーナを仰向(あおむ)けに横たわらせると彼は足元に座り、室内履(ば)きを脱がし始めた。

傅(かしず)かれる仕草に驚き、身を起こそうとする。だが足裏の踵(かかと)に近い部分を親指でぐっ、と強く押され、とんでもなく痛みに抵抗できず、再び仰向けになってしまう。

「ここが痛いのは、歩き方の姿勢がまだ整っていない証拠だ。足首も柔らかくしておいた方がいい」

　今度はレーナの足を両手で優しく包み込み、ゆっくりと足首を回してくれる。強張りが徐々に解けていき、併せて足裏を指圧される痛みは心地よい刺激に変わっていった。

　ヴァルタルの両手は次はふくらはぎに移動し、張った部分を優しく揉みほぐしてくれる。痣のある部分は少し官能的に触られてドキリとしたが、それ以上何もしてこなかった。

　しばらく身を委ねていると身体がぽかぽかと温かくなり、痛みも和らいだ。うとうとと眠ってしまいそうになり、レーナは上体を起こした。

「も、もう大丈夫です。ありがとうございます」

「僕はもう少し、君の素敵な足に触れていたい」

　とんでもないことを涼やかな表情で言われ、レーナは耳まで真っ赤になる。急いで室内履きを履き、スカートの乱れを直してきちんと座った。

「……そのようなこと……いけません……！」

「どうしていけないことだと君は思うんだ？」

　ヴァルタルが不思議そうに見返してくる。レーナはキッ、と彼を強く見つめて答えた。

「昼間から淫蕩に耽るようなことは、倫理に反するからです」

　ふむ、とヴァルタルは軽く顎先を摘んで頷く。

「君の今の言い方だと問題なのは時間帯であって、愛する者と触れ合うことは問題ではないな？」

ヴァルタルは軽く小首を傾げた。少し子供っぽい仕草だったが、端整な顔立ちでそんなふうにされると急に可愛らしく見えてドキリとする。思わず返答がしどろもどろになる。

「……え……あ……そう、です、ね……？」

「僕は君を愛している。愛しているからこそ、触れたいと思う。僕は若くて健康な青年だ。肉体的にも愛する者が傍にいれば、欲情するのは普通のことだろう？」

「……え……あ……そう、です、ね……？」

何か違うような気がする、と頭の奥で警鐘が鳴っているが、反論の言葉は出てこない。

年頃の娘になると、ヘルマンや村の女たちからさりげなく異性のことについても教えられた。相手を想うからこそ、人は欲情するのだ。だからヴァルタルは間違っていない。

「僕が君を欲しい気持ちは間違いではない、ということだ。それに君は僕の妻になる人だ。触れていけないというのは、おかしいことだと思うんだが……」

確かに、と頷きそうになり、レーナは内心で激しく首を左右に振った。彼の言葉に丸め込まれてはいけない。

「そもそも私がヴァルタルさまの妻になることがいけないことだとお伝えしています。どうかお考え直しくださ……ん……っ」

ちゅっ、と軽く唇を啄まれ、レーナは飛び離れる。だが腰に当たったのはカウチソファの肘置きで、逃げられない。ずいっ、とヴァルタルが身を寄せてきた。

「思わずくちづけたくなるほど愛らしい唇をしているのに、ずいぶんとつれないことを言うな。

さすがの僕も胸が痛くなる……」

切なげな表情と声で言われ、うっ、とレーナは眉を寄せた。

ヴァルタルを傷つけたいわけではない。こんなに熱い愛情を向けられて、拒み続ける方が難しい。本当ならばレーナも彼の妻になることを夢見てきたのだ。

だがそれは、天の国でだからこそ叶えられると思っていた願いだ。現実ではしがらみや苦労、困難の方が多すぎて、彼の手を素直に取ることはできない。

(だってヴァルタルさまには幸せになっていただきたいもの……)

「お気持ちに応えられないことをお許しください。そしてどうか今のヴァルタルさまに相応しいお相手を見つけてください……」

そんなふうに突き放すしかできないことが、悔しいし情けない。これでまたヴァルタルに悲しい顔をさせてしまうのだ。

俯いていると、ヴァルタルが優しい声で告げた。

「僕のレーナ、大丈夫だ。君が僕の気持ちに応えられないというのならば、応えられるようにするから安心してくれ。それに僕は君以外を妻にするつもりはまったくない。僕の心も身体も富も名誉も、すべて君のものだ」

身に余りすぎる言葉に、レーナは大きく目を瞠る。そんな考えは駄目だと顔を上げると、ヴァルタルがレーナの下腹部に片掌を押しつけた。

子宮の位置を教えるかのように軽く押される。この奥に彼を受け入れて熱い精を放たれたことを、否応なく思い出してしまう。

　ヴァルタルが耳元に唇を寄せ、耳朶にくちづけながら言った。

「それに君は、大きな思い違いをしている」

「そんなことは……あ……っ！」

　ヴァルタルが耳朶を甘噛みした。

「僕はあの夜……そう、君が過ちと言ったあの夜に、君の中に精を放った。それはここに、僕の子が宿ったかもしれないということだ」

　ヴァルタルはさらに愛おしげにレーナの下腹部を丸く撫でる。レーナは息を呑んだ。

（……ヴァルタルさまとの、子供……）

「君の中にその可能性がある以上、僕は腹の子の父親として君を守る義務と責務がある。あまりこれは言いたくないんだが……」

　ヴァルタルが瞳を曇らせ、目を伏せた。

「僕や君の意思に関係なく……王弟の子が君の中に宿った可能性があるのならば、子が生まれるか生まれないかが判明するまで君を逃がすことはできない。僕が許したとしても、兄上が許さないだろう。その子供は王族に連なる次代の子だ。僕の子として兄上の甥として、王位継承権を持つ存在になることもある」

　レーナは目眩を覚える。本当にとんでもない大きな間違いを犯してしまったのだと、今更ながら恐怖で震えそうになった。

（でも、もしヴァルタルさまとのお子ができたら……）

もし身分差の問題がなければ、それはとても幸福なことだ。レーナは無意識に下腹部にあるヴァルタルの手に自分の手を重ねていた。

（ヴァルタルさまが王弟殿下でなかったのならば、村の人たちみたいに……）

決して贅沢な生活ではないが、素朴で温かい家庭が多かった。畑仕事をする父親を、幼い子の手を引いて母親が迎えに来る――そんな光景が、あそこでは当たり前だった。そういう場面を見るたびに、いつか自分もヴァルタルとああいう家庭を作りたいと思ったのだ。

レーナの仕草に、ヴァルタルが小さく微笑む。レーナはハッと我に返り、手を離した。

だがヴァルタルがすぐにその手を掴み、指を絡めるようにして握りしめてくる。そのまま間近で見つめられ、レーナは言った。

「い、一度きりしかしていませんから、可能性は限りなく低いです!!　あ、あの、手を離して、ください……!!」

「僕は、離したくない」

強引な言葉は冗談めいた響きを持っている。もしやからかわれているのかと少々怒りを覚えながら見返すと、睫（まつげ）が触れそうなほどの至近距離にヴァルタルの緑の瞳があった。その瞳に宿る光は、真剣なものだ。

ここで求められたら――拒めるだろうか。

ヴァルタルの唇が動く。くちづけられるのかと反射的に身を固くし、強く目を閉じる。

ヴァルタルは息だけで微苦笑し、身を離した。

「君にそんな顔をさせたいわけではないんだ。……すまなかった」

すべては彼の愛に応えられるものを持ってはいない自分がいけないのだ。

ごめんなさい、と言いたい。だがそれも違うような気がする。口ごもって目を伏せると、ヴァルタルが明るい口調で言った。

「ところで、バーリー女史の授業はどうだった？」

話題が変えられ、レーナはホッとしながら顔を上げる。

「はい、とても厳しかったです……」

「だろうな。僕も女史の授業には心が挫けそうになった。一応それなりに貴族としての教育はされていたのだが……女史の授業ではまだまだだと自覚するしかなかった」

「でも、楽しいです」

ヴァルタルが興味深げな目を向ける。レーナは笑顔で続けた。

「新しい知識を身に付けることはとても楽しいです。知らなかったことを知って、心が豊かになっていくような気がします。それに貴族の方に対して、もしかしたら偏見を持っていたかもしれないとも思いました」

「君は誰かを変に穿って見ることはないはずだが……」

「いえ！　私、貴婦人の方々は皆、カラトリーくらいしかお持ちになれないか弱い方なのだと思っていましたが、実はそんなことはないのではないかと！　それに優雅で高貴な仕草って意外と難しいんです。ご令嬢方に比べれば私の方が体力も力もあるはずなのに、まったくできないんですよ？　貴婦人は貴婦人であるためにとっても努力されているのだとわかりました。か弱い人なんだなぁと思ってしまっていたことが間違っていたんです。反省です……」

　ヴァルタルは軽く驚きに目を瞠ってレーナの話を聞いていた。話が終われば、まじまじと見返される。何か変なことを言ってしまっただろうか。

　不安になる前に、ヴァルタルが声を上げて笑った。実に楽しげな笑みに、レーナは戸惑う。ヴァルタルは笑みをおさめると、レーナの頭を撫でてくれた。それは六年前まで、レーナがいいことをすると褒めてくれる仕草の一つだった。

　温かい大きな掌に優しく撫でてもらうと、とても誇らしい気持ちになれた。そしてヴァルタルも誇らしげに微笑んで言ってくれる。

「さすが僕のレーナだ」

『さすが僕のレーナだ』――昔と変わらず同じ褒め言葉を口にしてもらえて、胸がきゅんっ、とときめく。いけない、とレーナは慌てて緩みそうになる口元を引きしめた。

「君は根本的に学ぶことに貪欲だ。バーリー女史はマナー講師であるだけではなく、歴史学も数学も幅広い分野で突出した知識を持っている。君が学びたいと思ったことは、まず彼女に聞いてみるといい。きっと教えてくれるはずだ」

　それほど凄い人だったのかと、レーナは驚く。

　だがそんな人をなぜ、自分に付けるのか。確認しなければならない。

レーナは居住まいを正し、ヴァルタルを真っ直ぐに見つめた。

「バーリー女史の授業は、令嬢教育ではありませんか。私に必要なのは使用人としての教育です」

「女史には今年六歳になる孫がいるが、その子は少々難しい病にかかっている。治療に金がかかるから、働き口を紹介して欲しいと僕のところに来た。だから僕は君の教育係を頼んだ」

「お孫さんが……それはおかわいそうに……」

バーリー女史の心痛を思い、レーナは同情する。思わず肩を落として呟くと、ヴァルタルが神妙な表情で頷いた。

「ここで君が授業を拒めば、僕は女史を解雇しなければならなくなる。彼女はその功績ゆえ、給金も高い。気軽に雇える者は少ない。次の働き口を探すのも大変だろう」

バーリー女史の事情を知れば、授業を拒むのは難しかった。口ごもるレーナにヴァルタルは続けた。

「レーナ、どうか女史のためにも授業を受けてくれないか」

こうなれば、頷くしかない。

「わかり……ました……」

「ありがとう、レーナ。頑張ってくれ」

ヴァルタルが笑う。じわじわと真綿で包み込まれるように逃げ場を塞がれているような気がした。

レーナへの教育は順調だとバーリー女史からの報告を受けたあと、ヴァルタルは深く執務椅子に背を預けた。

厳しさにへこたれず、ついてきているとのことだ。元々努力家で、学ぶことを進んで行う娘だ。彼女がバーリー女史に気に入られるだろうと、わかっていた。

そしてバーリー女史の指導のもとで、レーナは素晴らしい令嬢になる。

事実、レーナの成長はめざましい。バーリー女史を拒否することができない理由がある以上、彼女は学習に手を抜かない。一定の成果がなければ、女史が解雇されるかもしれないからだ。

心優しいレーナにだからこそ、使える手だった。

ここ数日は、レーナに何かあったときすぐに対応できるよう、仕事は自邸でしている。傍にはミカルがいて、色々と手伝ってくれていた。

今は兄王ゴッドフリッドを脅かす存在はない。かつての第一王妃――ゴッドフリッドの生母アガータを、静養という名目で王城から一番遠い東の領地に追いやってからは、ヴァルタルの容赦ない対応に恐れをなし、目の敵にされてはならないとこちらの様子を窺う者ばかりだ。必然的にゴッドフリッドに何か仕掛けてくる者もおらず、兄王の治世は比較的平和だ。

とはいえ、少しでも妙な動きがあればいつでもその原因を消去できるよう、ヴァルタルは主要な貴族の屋敷に自らの部下を潜ませ、情報を常に集めさせている。

国王という立場だからこそ下せない裁きがあることを、ヴァルタルは兄の傍で見てきた。だからこそ、彼の治世が長く続くよう、自分は陰で力を尽くす。

それが必然的に、自分の愛する者を幸せにするからだ。

（もう二度と、レーナをあんなふうにはさせない）

そのためにはどんなことからもレーナを守る強い力を持たなければならない。

ヴァルタルは力を得るために努力し続けてきた。そしてようやくレーナを守れるようになったから、彼女を迎えに行った。

レーナに気づかれないよう、時折彼女の姿を求め、故郷に戻ってはいた。目にするたびに美しくなり、けれど心根は幼い頃から変わらず誰かのためを思って働く優しさに、自分が離れている間、他の男に奪われるのではないかという不安は常にあった。

ヘルマンからレーナの様子を知らされるたび、彼女の想いがまだ自分にあることを教えられて、何度も安堵した。早く迎えに行かなければと焦る気持ちを堪えて力をつけ、蓄え、己の地盤を固めていった。

彼女を迎えに行くのに、六年もかかってしまった。ようやく触れ合える距離で対面したときには、喜びに震えて泣きそうになった。

レーナの本当の気持ちを確かめなければならなかったから、王家の花を使用した。できれば花の力は使いたくなかった。

女の身体については知識しか持ってなくとも、花の効果は本能を刺激して発情させる。花に身を委ねていれば、何をどうすればいいのかなど容易くわかった。それに夢の中では何度も、レーナを抱いていた。

レーナも、本能のままにヴァルタルを求めてくれた。あの夜は互いのことだけしか見えず、めくるめく快楽に呑まれ、幸福な夜だった。

だが彼女は、ヴァルタルに迷惑や苦労をかけたくないからと、求婚を拒絶し続けている。日々のやり取りの中で、レーナの想いが変わらず自分に向けられていることも、その拒絶がヴァルタルのためだということもわかっている。自分のために気持ちを堪えようとしている健気な姿を見ていると、頭の中で思い描いている『強引な方法』を採っていいものかどうかに躊躇（ためら）いがあった。

（そう……レーナに言うことを聞かせる方法ならば、いくらでもある。花を使って常に発情させ、快楽に溺れさせるのもいい。あるいは、孤児院の今後の経営を盾にする方法もある）

他にもいくらでもやりようはある。だがどれも、レーナ自身の意思をねじ伏せて強要する方法だ。

それではたとえ彼女の心が自分に向いたままであっても、ヴァルタルが望む夫婦になれはしない。

（僕はまだ、すべてのしがらみも常識もどうでもいいのだとレーナに思わせることができていない。僕は結局、力がないままなのだ……）

ふいに、レーナを見つけたときのことを思い出す。

――道端の植え込みに、まるで荷物のように捨てられていた。けれど自分はここにいると、力尽きる寸前の小さな声で泣き続けていた。ヴァルタルが抱き上げると安心したように泣き止み、差し出した指をぎゅっと強く握りしめてきた。驚くほど、強い力だった。

ヴァルタルが必要なのだと、その小さな命は訴えているようだった。自分が守らなければこの命は天の国に招かれてしまう。強烈な庇護欲が生まれた。

愛情を注げば、同じだけの――いや、それ以上の愛をレーナはいつでも返してくれた。懸命に慕ってくれ、幼くとも何かしたいと尽くしてくれる。彼女の存在にどれほど心慰められたか。だからこそ、もう手放したくはないのに。

知らず、深い溜息が零れていた。ミカルが心配そうに顔を曇らせる。

「少し休憩にいたしましょう」

ミカルはヴァルタルより三つ年上の、ミルヴェーデン孤児院出身の青年だ。数字に明るく王城で財務部門の一番下っ端の役人として働いていた。ゴッドフリッドとともにアガータ一味を追いやる作戦を立て準備を整え始めたものの、自分に忠実で力量のある側付きが必要となって探していた頃、王城で知り合った。その目敏さ、頭の回転の速さなどが目に留まり、側付きにしたのだ。

採用の際、ミカルの身辺調査をして、ミルヴェーデン孤児院出身だと知った。彼はヴァルタルの顔を見てもしやとは思ったらしいが、こちらから言い出すまで黙っていたそうだ。その配慮も、ヴァルタルには心地よいものだった。

ミカルが側付きになってからは、ヴァルタルの仕事も以前よりずっと楽になった。人をよく見て仕事をするミカルの働きぶりのおかげだ。今となっては親友のような信頼を寄せている。だからこそ、ぽろりと本音が出てしまった。

「大丈夫だ。ただ少し……僕はまだ力のない男なのかもしれないと思っただけだ」

今の言葉を社交界で言ったところで、誰も信じないだろう。むしろそれすらも何かの策略かと思う者もいるかもしれない。

「あの子を僕の妻に望むことは、あの子に負担しかかけないんだろうか……」

ミカルは痛ましげに眉根を寄せた。

「そうかもしれません。ですがミルヴェーデン孤児院の子供たちは、実はとても逞しいのです。ヘルマン院長先生が愛情深く育ててくれ、また、ご自分が持つ知識を惜しみなく与えてくださいます。そうやって私は今、ヴァルタルさまの側付きとして雇っていただいています。レーナさまもあの孤児院で育ちました。今は慕っていたヴァルタルさまが王弟殿下だったという事実に心がついて行けず、戸惑って、迷惑をかけたくない一心なだけだと思います。ヴァルタルさまの気持ちにお応えしたいと思うようになるきっかけさえあれば、レーナさまもすぐにヴァルタルさまの求婚をお受けになると思います」

ミカルの励ましにヴァルタルは微笑をした。

「そうだな。ありがとう」

（――欲望のままに、あの子を僕のものにできたらいいのに）

軋み音がするほど奥歯を強く噛みしめ、暗い気持ちを心の奥底に封じ込める。ミカルが気遣いの空気を纏(まと)いながら、少々申し訳なさげに一通の手紙を差し出した。

「ヴィクトリアさまからお手紙が届いております」

「燃やせ」

レーナには決して見せることのない、背筋が震え上がって絶句するほどの冷徹な声と瞳でヴァルタルは言い捨てる。ミカルは息を詰め一瞬身を震わせたが、震える声を押し出した。

「お気持ちはわかりますが、それは悪手です。いつものように私が代筆して構いませんか？」

「内容は」

「いつも通りです。ヴァルタルさまをお慕いしている旨と、今回はお知り合いの方がお茶会を開かれるそうで……よろしければご一緒したいとのことです。招待状はこちらです」

「破り捨てろ」

「畏(かしこ)まりました。こちらもいつも通り私が代筆でお返事させていただきます」

ミカルはかすかに震えながらも側付きとしてしっかりと答える。大人げないことをした、と少々気まずくなるほどだ。

「……すまない。八つ当たりだ」

ミカルは気にしていないと微笑する。ヴァルタルは大きく息を吐き、手紙を受け取った。

繊細なレース模様が縁取り印刷された、真っ白いレターセットだ。便箋(びんせん)を取り出して開けば、ふわりとスズランの香りがほのかに香る。

鮮やかなブルーのインクがヴァルタルへの恋慕の想いを挨拶のあとに綴っている。文面は決してわざとらしくなく、控えめで理知的な印象を受けるものだ。

おそらく普通の男ならば、こんなに可憐な手紙で恋慕の気持ちを綴られたら、悪い気はしないだろう。それどころか、ならば懇ろになどと思う。だがヴァルタルからすればあまりにもあざとい方法で、かえって警戒心が強まるだけだった。

（貴族の中にも、レーナのような娘はいるかもしれない。だが残念ながら、僕はそういう娘には出会えなかった）

出会えたとしてもレーナ以外に心を動かすことはないのだが。

——ヴァルタルが王城に王位継承者として迎えられたとき、社交界は静かな騒乱を迎えることになった。

このままアガータについていていいのか。ヴァルタルが王位を継ぐかもしれないのならば、そちらについた方がいいのではないか。そんな思惑が水面下で行き来し、ヴァルタルに媚びを売って近づいてくる者もいた。

媚びの売り方は様々だった。けれど一番多かったのは、若い肉体を持て余しているのではないかと女をあてがおうとしてくる方法だった。今のうちに懇意になっておけと自分の娘を送り込む者もそれなりにいた。王弟として社交界に返り咲いた以上、よほどのことがなければ与えられた立場がはく奪されることはないと考えてのことだろう。

運がよければ王妃に、そうでなくても王弟の正妻に——そうやって送り込まれた女たちには、嫌悪感しか抱かなかった。彼女たちの中には野心に満ち溢れ、ヴァルタルを色仕掛けで骨抜きにし、主導権を握ってやろうとする者もいた。

そんな女たちに騎士道精神を発揮してやる必要はまったくない。ヴァルタルは容赦なく彼女たちの誘惑を嘲笑し、反撃し、二度と自分に近づいてこれないよう対応した。どんなやり方だったのかは、レーナにはとても教えられない。

おかげで近づいてくる女たちもずいぶん減った。その中でも未だ懲りることなくヴァルタルに言い寄ってきているのが手紙の送り主――ヴィクトリア・ローセンブラードだ。

伯爵位の中で上位に入る家格のローセンブラード伯爵の娘で、快活な性格をしており豪奢な金髪が目を引く美女だ。高位貴族の令嬢らしく少し自信過剰なところもあるが、それがかえって大輪の花のような華やかさを作り出している。彼女と縁づいてもいいと大抵の男が思えるほどに、未婚の令嬢として魅力的な存在だった。

だが、とヴァルタルは眉を顰める。

現ローセンブラード伯爵イクセルは、先代の第二子だ。現伯爵の兄となる第一子は伯爵位を継いで数年後、子を身ごもった妻が里帰りで実家に向かう途中、妻とともに馬車の事故で死亡したという。産み月間近だった妻は危篤状態でその時点では助かったものの、運び込まれた病院で数日後に子を産んで死亡した。子も両親の後を追うように、生まれてすぐに息を引き取ったという。

当時、あまりにも哀れで痛ましい事故だとして、社交界ではそれなりに噂となったらしい。

イクセルは哀しみのあまり、数か月の間、屋敷に引きこもってしまった。周囲が必死に慰め、ようやく爵位継承の諸手続きを済ませることができたらしい。それだけ彼の哀しみは深かったのだろうと皆が言う。

だがヴァルタルは、その噂を素直に信じてはいなかった。事の次第の大半を信じてはいるが、ほんの少しだけ、疑っている。

本当に彼は、兄夫婦の死を悼んでいたのか？

兄夫婦が消えれば、次の当主は彼になる。ローセンブラード伯爵家の資産は、兄夫婦を手にかける危険を考えても非常に魅力的なものだ。もしもイクセルがこの事件に関わっているとしたら――その可能性を決して捨てきれないのが、ヴァルタルの気質だ。ヴァルタルの生まれと育ちが、その気質を作った。

王城内の政権争いに負けたからと、母の実家からは守られるどころか煙たがれ、必要以上に関わらないことを宣告された。母は自分を産んだあと身体を壊し、一年も経たずに帰らぬ人となった。

アガータに目を付けられているヴァルタルと関われば、自分たちの身も危うくなるかもしれない――すべては可能性の域を出ていないのに、母の実家は自分をヘルマンに預けて見放した。

そして母違いの兄が命を失うかもしれない危機が訪れたとき、王城の貴族たちは代わりの後継者を得るため、それまで見向きもしないどころか存在すらなかったとしていたヴァルタルをあっさりと呼び寄せた。自分たちの都合に合わせて。

彼らの策略によって、あの村で生きていたヴァルタルは殺された。そして新たな第二王子ヴァルタルが生まれた。身勝手で、他人のことなど気にしないどころか我が身が可愛い者たちが多すぎることを、否応なく知った。

（そんな輩はいらない。野放しにしていては、兄上の治世を揺るがす病巣になる。それにそんな者たちによる政では、僕のレーナが幸せになれない）

歳を経て美しく成長したレーナによからぬ想いを抱く愚かな男が出てくるかもしれないと、迎えに行けるようになるまでは最も信頼できる部下——ミカルの兄を孤児院職員として送り込んだ。彼にはレーナの様子を逐一報告させていた。レポートを作成するのが非常に大変だとミカルに零しているのを見かけたことがあるが、仕事に見合った高額の賃金は払っているので気にもならない。

愚かにも金や権力でレーナを自分のものにしようとする屑な男も出てくるかもしれない。村長のもとにはヴァルタルが定期的に自ら足を運び、孤児院に変な真似をしないよう、よく言いつけている。

兄とともにアガータを王城から追い出してからは母の実家にも足を運び、立場が変わったことを色々と教えてある。下手に逆らえばアガータと同じ末路になると、彼らも理解はしたようだ。

兄のもとで、王弟としての『実績』も積んできた。レーナを迎えるためならば、どんな努力も苦ではなかった。

兄が王として動けないときはヴァルタルが動く。そのための汚れ仕事に躊躇いはない。そうやって実績を積み上げ、『ヴァルタル・ノルデンフェルト公爵』がいる。

「成り上がりめ」「冷酷無比な人でなし」「実家は田舎貴族風情のくせに」などと心ない言葉を投げつけられることも、未だにある。ただそれが表立って投げつけられなくなったことは、自分の成長の証だ。

ヴァルタルが望むものは、あの愛しい存在だけだ。その存在が、自分の傍で幸せで笑っていればそれでいい。自分の地位も名誉も財産も、そのためだけにある。それがレーナにとって害を成すものになるのならば、いくらでも排除方法はあるのだ。

そんなヴァルタルがヴィクトリアに興味を抱くことなど絶対にない。手を変え品を変えてヴァルタルを手に入れようとする令嬢たちに――時には母親ほど歳の差のある未亡人や、夫に愛想を尽かした夫人など――まとわりつかれることに辟易し、かなり冷たくあしらった。泣き崩れる者や、ヴァルタルの振る舞いを紳士らしからぬことだと非難してきた者もいたが、そんな罵倒で心を痛めることなどない。

そういった輩は大抵において、揺さぶりをかければ埃が出てくる者たちだ。その埃を掃除してやれば、二度とヴァルタルには逆らわない。

（まあ、恨みは買うかもしれんが……牙も爪も折ってやれば何の問題もない）

躊躇いなど覚えない。そうしなければ、こちらがやられるのだ。

障害はほとんどないと言っていい状況だ。だがレーナは己の生まれを気にし、求婚に頷かない。

（もしも僕とレーナが逆の立場だったとして……例えばレーナがこの国の王女で、僕がただの平民だったとして……恐れ多い、相応しくないと思うのは当然……ではない、な……）

王女を降嫁させられるだけの男になって、レーナを妻にする。それ以外の方法は採らないし、採れない。どんなことがあっても、彼女を自分のものにする。例えにならなかった。

ならばいつレーナが頷いてもいいよう、外堀をゆっくり埋めていくしかない。同時に彼女の心に強い負担をかけないために、令嬢教育は彼女が仕方ないと頷くように口裏を合わせた。バーリー女史も協力してくれている。

レーナが迷うことなくこの胸に飛び込んで来れるだけの男ではないのだ——まだ。

ヴァルタルは深く嘆息し、机に手紙を放り捨てた。すぐにミカルが手紙を拾い上げると思ったが、いない。どこに行ったのかと不思議に思った直後、扉が少し遠慮がちにノックされた。

「お仕事中に失礼します。私をお呼びだとミカル様から教えていただき、参りました」

今は歴史の授業中のレーナの声がして、ヴァルタルは軽く息を詰めた。いつの間にか姿を消していたミカルが、彼女を寄越したのか。

授業中だからと突っぱねることもできただろうに、様子を見に来てくれたレーナの気持ちが嬉しい。求婚を断る理由が彼女自身の心にあるわけではないと、こうした仕草からもわかる。

ヴィクトリアの手紙をくしゃりと握り潰してゴミ箱に入れ、ヴァルタルは入室を促した。すぐにレーナが軽く息を弾ませて入ってくる。

「お急ぎのご用だと……！　何かあったのですか？　何でもお申し付けくださいｌ」

ヴァルタルを案じて、可愛らしい顔が曇っている。悪いと思いつつもささくれだった気持ちを彼女に癒して欲しくなり、ヴァルタルは右掌で額を覆った。

「少し気分が悪くなってな……休みたい」

「……お医者さまを……!!」

途端に真っ青になったレーナがすぐさま部屋を出ていこうとする。ヴァルタルは俳優よろしく沈んだ声で辛（つら）そうに続けた。

「少し根を詰めてしまっただけだ。少し横になれば治る」

「で、ではこちらに……！」

レーナが傍に走り寄り、肩を貸してくれる。頭一つ分小さい華奢（きゃしゃ）な身体をしているのに、場合によってはヴァルタルを背負うつもりのようだ。その気概（きがい）をとても愛おしく思う。

執務机の傍に軽く休憩できるソファセットがあり、レーナはヴァルタルをそこに導いて寝かせた。少し待っていて欲しいと言い置いて部屋を出ると、ブランケットを持って戻ってくる。

「風邪をひくといけませんから……あ、あの、ヴァルタルさまのお部屋に無断で入ることははばかられましたので、私が使わせていただいているものですが……」

言いながら持ってきたブランケットをかけてくれる。レーナの部屋にあるものはもうすべて彼女のものであるのに、まだまだ遠慮しているようだ。それがヴァルタルには物寂しい。

（僕が持つものすべては、君のものなのに）

それが、未だレーナとの距離が縮まっていないことを教えているようだ。ヴァルタルは目を伏せる。

ブランケットからはレーナの香りがほのかにした。

（君に、触れたい）

溶け合うように抱き合いたい。それが駄目ならくちづけだけでもいい。いや、極論を言えば同じ空気を吸っているだけでいいのだ。

（けれど君が傍にいれば、こうして心も身体も欲が出る……）

レーナは枕代わりになるものを探して、室内をぐるりと見回していた。何かを見つける前に、ヴァルタルは言う。

「君の膝枕がいい」

レーナが驚く。その顔も可愛い。くちづけたくなる気持ちを堪え、ヴァルタルはじっと彼女を見つめた。

しばしレーナは困ったように眉を寄せたが、願いを叶えてくれた。弱っているからいつものように強くは拒めないのだろう。優しい子だ。

（なのに、求婚は受けてくれない）

「僕が眠るまで、手を繋いでいてくれないか。そうしてくれたら具合がよくなるような気がする」

柔らかな太股の感触が気持ちいい。レーナを見上げ、ヴァルタルは右手を軽く上げた。

　レーナが幼い頃、心弱っているときなどに手を繋いで寝かしつけてやったことが何度もある。彼女はそれを、覚えてくれているだろうか。

　苦笑したものの、レーナは頷いた。

「わかりました。昔のお返しですね。ヴァルタルさまに手を握ってもらえると、とてもよく眠れました」

　心にじわりと温かい喜びが広がる。覚えていてくれたか。

　レーナがヴァルタルの手を取った。ただ握るだけの仕草ではとても満足できず、すぐにヴァルタルが指を絡める。

　一瞬だけレーナは身を強張らせたが、それだけだった。少し考え込むように沈黙したあと、レーナの空（あ）いた手がヴァルタルの頭に触れた。そのまま優しく――愛おしげに撫でる。

　軽く目を瞠って見返すと、レーナが照れくさそうに笑った。

「私が小さい頃、ヴァルタルさまの膝でお昼寝をさせていただいたことがありましたよね。ヴァルタルさまは私がよく眠れるようにってこうして頭を撫でてくれて……私、それがとても嬉しかったんです」

　懐かしげに目を細めてレーナが言う。

「ヴァルタルさまの手が大きくて温かくて、とても安心できたんです」

「君の手も、安心する」

「そんなことはないでしょう。私の手はヴァルタルさまより小さくて……荒れて、滑（すべ）らかでもないですし……」

何もわかっていないな、と愛おしく思いながら目を閉じると、驚いたことに睡魔がやってきた。眠るつもりなどなかったのに。

「……すまない。少し……眠る……」

「はい。おやすみなさいませ、ヴァルタルさま」

レーナの手の温もりと声が、とても心地よい。ヴァルタルは軽く頷いたあと、ゆっくりと眠りに落ちていった。


静かな寝息が予想以上に早く耳に届き、レーナは軽く目を瞠った。起こさないように気をつけながらヴァルタルの顔を覗き込む。

端整な寝顔は高名な彫刻家が作り上げたかのように、完璧な美しさだ。だがこうして目を閉じていると、近寄りがたさが薄れる。

相変わらず綺麗なお顔だな、と思った直後、胸に強烈な不安がよぎった。

（ヴァルタルさまは、眠っているだけ……）

寝相が元々いいのだろう。寝息も静かだから余計に不安になる。

その寝顔がまるで――死に顔のように見えてしまって。

繋いだ手に思わず力を込める。ヴァルタルは小さく嘆息し、優しく握り返してくれた。瞳は閉じられたままで、起こさずに済んだらしい。

（生きて、いらっしゃる……）

改めて頭を撫でる。

そうしていると、ミカルがそっと室内に入ってきた。慌てて離れようとするが、これでは動けない。

ミカルは穏やかな微笑を浮かべて止めた。

「どうかそのままで」

「あ、の……でも、出過ぎた真似を……」

「少なくともこの屋敷にいる者は、そんなことは思いません。ヴァルタルさまがレーナさまをとても大切にしていらっしゃることはよくわかりますから」

同じ孤児院出身だと教えてもらったおかげか、ミカルには屋敷の使用人たちの中で一番親近感がある。彼も礼節を守りながら、兄のように親しく接してくれていた。だから思わず口にしてしまったのだろう。

レーナは目を伏せ、小さく呟いた。

「ヴァルタルさまのお気持ちは……とても嬉しいんです。泣いてしまうくらい嬉しいんです」

「でしたらヴァルタルさまの求婚をお受けすればいいのではありませんか？」

レーナはちぎれるほど強く、首を左右に振った。

「ヴァルタルさまが私のせいで苦労されるとわかっているのに……できません」

ミカルは穏やかな瞳でレーナを見つめている。

「とても思慮深い判断です。ですがヴァルタルさまはレーナさまを求めていらっしゃいます。レーナさまが求婚を受け入れるまで、決して諦めないでしょう。誰が何を言おうとも、たとえ陛下が結婚を認めないと仰っても、ヴァルタルさまは諦めませんよ。そういう御方です」

物腰柔らかな印象を相手に与えるのに、やると決めたときの行動力には周囲を驚かせることも多かった。その分、ヴァルタルが動くことは滅多になかったのだが——ふと、昔のことを思い出す。

一度、故郷の村に移住を検討しているという商人が孤児院の子供たちに目をつけ、養子縁組を利用した人身売買を持ちかけてきたときのヴァルタルの怒りは凄まじかった。レーナでさえ震え上がって言葉をなくし、彼の怒りが収まることをひたすらに願うことしかできなかった。

ヴァルタルとヘルマンがすぐに話し合い、何か決断を下した。数日後、商人たちは何やら上機嫌で村を去っていった。どうやらヴァルタルが動いてくれたらしい。彼はいつも通りの優しい顔で、愚かな大人たちには帰ってもらったから安心していいと教えてくれた。

その後、商人らは街道の途中で盗賊に襲われ、皆殺しにされたという。村の大人たちがその後しばらく、警戒の見回りを夜間もしたほどだ。幸い、犠牲になったのは商人だけだった。

「ヴァルタルさまをお慕いしているのであれば、求婚をお受けするのが一番だと思うのですが……」

ミカルが微苦笑しながら続ける。彼の穏やかな物言いと微笑は、レーナの引け目を優しく包み込んで見えなくしてしまう力に満ちていた。

求婚を受け入れてもいいのかも、などと思って頷いてしまいそうになり、レーナはハッとする。

（流されては駄目よ。このお屋敷の方々は皆、私に優しくて……だから、私もそれでいいのではないかと思ってしまう……）

自分を肯定し、ヴァルタルの傍にいることを喜んでくれるこの場所は、あまりにも優しく温かい。ここにいては甘えてしまう。

ならばこの優しい場所から離れなければ。

（このお屋敷を、出ていかなければ）

もっと早くそうするべきだったのだ。気づけなかったのは――いや、気づかないふりをしていたのは、本心ではヴァルタルの傍にいたいと願っているからだ。

使用人として傍にいられればよかった。だが彼がそれを望まないのならば、レーナが姿を消せばいい。

レーナはヴァルタルの頭をひと撫でし、決意を固めた。


いつでも出ていけるよう、トランクに荷物を詰める。だがすぐに部屋付きの使用人に気づかれ、この荷物はどうしたのですかと追求されてしまった。上手い言い訳を見つけられず、結局片付けられてしまう。

機会があればいつでも屋敷を出ていけるよう、ひとまず宿代や交通費を入れた財布の準備だけはしておく。だが机の引き出しにしまったそれを使う機会がない。なかなか屋敷を出ていけないのだ。

ヴァルタルはレーナの一日の予定を把握していて、朝食の席で確認してくる。午前と午後にバーリー女史の授業、空き時間は食事と休憩、そして授業の遅れが出ないよう、残り時間のほとんどは自習の時間に当てている。

授業をすっぽかして出て行くことは、バーリー女史のことを考えるとできない。ならば何かお使いを命じてくれないかと頼むが、使用人には恐縮して断られてしまう。

誰にも見つからないよう注意して出ていこうとすると、今度はヴァルタルや誰かしらに見つかって外出理由を問われるのだ。もしや監視されているのかと疑ってしまうくらいだ。

(す、隙がまったくないわ……!!)

今日は庭の散歩と称して屋敷を出て、わざわざ人気のない裏庭から続く使用人用の門に向かったのに、門扉(もんぴ)に手をかけた途端、使用人頭に呼び止められてしまった。いったいどこで気づかれたのだろう。

結局自室に戻り、宿題となっている文字の練習をしている。だがふと、気づいた。

新しいペンを買いに行きたいと言ってみるのはどうだろうか。

勉強道具はヴァルタルが買い与えてくれる。無駄遣いしないよう大事に使っているから本当は必要ないが、書き味を自分で試してみたいと言えば、ヴァルタルも考えてくれるかもしれない。

試しに相談してみると、ヴァルタルからは笑顔とともに「我が家に出入りの商人を屋敷に呼んであげよう」と返された。やはり駄目かと思いつつ、レーナはもう少しだけ提案してみる。

「あ、あの、ヴァルタルさま。少し息抜きがしたくて……お屋敷の外に出てみたいのです」

「外は危険だ。僕の大事なレーナに何かあってからでは遅い」

どれだけ過保護なんだと驚いてしまう。ミカルが微苦笑しながら助け舟を出してくれた。

「それではレーナさまも息が詰まってしまいます。若い女性は、買い物をするだけで心躍るようです」

「だが一人では行かせられない。僕も一緒だ。ミカル、すぐに予定を組め」

「明日は少々難しいかと……できないことはありませんが、今以上にお忙しくなってしまいます……」

ヴァルタルに無理をさせるのは本意ではない。別の方法を探した方がよさそうだとレーナはそっと肩を落とす。

その様子を見て、ヴァルタルが仕方なさげに言った。

「では、バーリー女史に付き添いをお願いしよう。それならば……許す」

ヴァルタルの優しい心遣いが嬉しい。けれど、悲しい。彼はレーナの望みを何でも叶えてくれるつもりなのだ。その気持ちを利用しようとしているのに。

そんなやり取りを経た翌日、レーナはバーリー女史とともに街の文具店を訪れた。もちろん、ヴァルタルの手配で馬車と護衛がつけられた。

加えて文具店にはあらかじめヴァルタルが使いを出していて、貸切状態にしてある。客に紛れて不逞の輩がレーナに万が一のことをしてこないように、とのことだ。

あまりにも素早すぎる様々な手配にはもちろんのこと、それを可能とする財力にも目眩を覚える。だからこそ、彼とは住む世界が違うのだと改めて思い知らされた。

恩を仇で返すようなことになるが、これでヴァルタルも求婚を思い直してくれるだろう。これほど手をかけているのに、何て恩知らずな娘だと。

バーリー女史はペンについてもこだわりがあるらしく、店長に在庫をすべて出させ、メーカーごとに試筆させた。どれも書き心地はいいが、手に一番なじむものが見つかるまでとことん付き合ってくれる。

頃合いを見計らい、化粧室に行きたいと声を上げる。部屋に控えていた使用人がすぐに案内してくれた。

廊下で待っていようとする使用人に内心で慌て、先に戻ってもらう。彼女の背中が見えなくなるまで見送ったあと――レーナは店の出入口に足早に向かった。

ミルヴェーデン孤児院ではすぐに見つかってしまう。これまで手伝いやヘルマンの使いなどで面識がある孤児院のどこかに身を寄せよう。その後どうするかは、そこで考える。

まずはヴァルタルから物理的な距離を取らなければならない。

「──レーナ。買い物は終わったのか？」

「……っ!!」

直後、背後でヴァルタルの声がして、レーナは大きく身を震わせた。

動けずにいると軽快な足音があっという間に背後に近づき、ふわりと品のいい爽やかな香水の香りとともに、耳元でヴァルタルの声がした。

「一人で店を出ようとして、何かあったのか？」

慌てて振り返ると、ぎゅっと抱き締められてしまう。男らしい胸に顔面を強く押しつけられ、窒息しそうだ。

（だってヴァルタルさまは今日、ご一緒できないって仰っていたのに……！）

だから今日しかないと決行をこの日に決めたのに、どうして彼が店にいるのか。

（……まさか……）

ヴァルタルはレーナの逃走計画を察知し、わざとこの日を選ばせたのではないか。そしてあらかじめ店に潜んでいて、本当に逃げたら捕まえるつもりだったのだと思い至る。

恐る恐る顔を上げると、ヴァルタルの綺麗な笑みがそこにあった。穏やかなその笑みが、予想がすべて当たっていると教えてくれる。

（わ、私はヴァルタルさまの掌で転がされていただけ……!!）

レーナはがっくりと肩を落とした。そんなレーナを軽々と抱き上げ、ヴァルタルは店内に戻っていく。

「さあレーナ、せっかくだからペン軸も何本か購入しよう。僕も新しいペーパーウェイトが欲しかった。選んでくれるか？」

にっこりと完璧な笑顔で言われる。レーナは敗北感に目を伏せ、頷くしかなかった。

【第四章】

先日の文具店の件は、レーナのほんのわずかな変化もヴァルタルは見逃さず、先回りして逃げるのを阻(はば)んでくると思い知らせるための演技だったのだろう。

ならば他の方法を検討してみるが、良案は思いつかなかった。結局、バーリー女史の授業を受け続けることになる。

そしてめきめきと実力がついていくのを否応なく実感してしまう。

(何かがおかしいわ……!!)

以前はちんぷんかんぷんだった算式問題も、何の苦もなく解けるようになっていた。加えて、この国の主要貿易国の通貨も覚え、バーリー女史は非常に満足げだ。

「とてもいいですよ、レーナ。ヴァルタルさまは貿易関係の会社にも投資されています。通貨と商売に関わる算式を身に着けることは、必要です。この調子で励んでください」

まるでヴァルタルの片腕にでもなれと言われているようで、レーナは複雑な笑みで頷(うなず)く。

新しい通貨を教えようとバーリー女史が改めて授業に取りかかろうとしたところで、ヴァルタルがやってきた。

「レーナ、バーリー女史、少しいいか」

　急にどうしたのだろう。授業を止めると申し訳なさげにヴァルタルが続ける。

「急遽、今夜のパーティーに参加しなくてはならなくなった。レーナを連れていく。構わないだろうか」

「はい、大丈夫です。行儀作法、ダンスに問題はありません。話術は少し心もとないところがありますが、余計なことを話さなければ大丈夫でしょう」

　そう言いながらもバーリー女史の頬には誇らしげな笑みが浮かんでいる。レーナを評価してくれているのだ。

（すごく嬉しいけれど……でもヴァルタルさまと一緒に社交界に出てもいいの……⁉）

　同行させる目的がわからない。レーナの困惑(こんわく)の表情をみとめると、ヴァルタルは安心させるように微笑んだ。

「少しわずらわしい集まりだ。僕の傍(そば)にいてくれるだけでいい。それ以外は何もしなくていいから、頼まれてくれないか」

　そんなことで役に立つのならば、とすぐに頷きそうになる。もしかしたら何か別の意図があるのではないかとこれまでの彼とのやり取りで思うものの、思いつかない。

「わかりました。……ヴァルタルさまのご命令ならば、従います」

　わざと可愛(かわい)げのない言い方をしてみる。これでヴァルタルが少しは不快に思ってくれるといいのだが、と見返せば、彼がいつの間にか目の前に立っていて、ちゅっ、と軽く頬にくちづけてきた。

バーリー女史がいるのにと真っ赤になる。ヴァルタルは笑みを深めた。

「僕に罪悪感を抱かせないようにそんなふうに言ってくれるんだな。ありがとう、レーナ。君はいつも僕のことを考えてくれる。とても嬉しい」

（いえ、そういうことではなく……!!）

「バーリー女史、レーナの身支度をしてくれ。あなたのセンスを僕は高く評価している」

「光栄です。お任せください」

「ではまたあとで。素敵なレディになっておいで。楽しみにしている」

ヴァルタルと入れ違いに数名の使用人がやってくる。バーリー女史と彼女たちに取り囲まれ、早速身支度が始まった。

白にも見える薄紫色の光沢のある生地で作られたドレスは袖のないデザインだが、流行りの襟ぐりが大きく開いたものではなかった。アクセサリーは小さなダイヤを連ねたネックレスとブレスレット、同じ大きさの一粒ダイヤのイヤリングだ。

髪はふんわりと纏められ、ダイヤのピンをいくつも挿している。化粧は薄く、それがかえってレーナの肌の瑞々しさを際立たせていた。

全体的に清楚な雰囲気で纏めてもらえている。とても品のいい清純な乙女がバーリー女史たちによって作られる。

張りぼての令嬢。ドレスを脱ぎアクセサリーを外し化粧を落とせば、ただの孤児院育ちの平民だ。

　こんな自分がヴァルタルと一緒にパーティーに参加してもいいのだろうか。同行したことで、変に勘ぐられたりしないだろうか。

「とても綺麗よ。ヴァルタルさまに早く見ていただきましょう」

「レーナ、支度はどうだ？」

　軽いノックとともに、ヴァルタルの声がした。使用人が扉を開け、室内に招く。ヴァルタルがすぐ目の前にやってきて、眩しげに目を細めた。

「やはりバーリー女史に支度を頼んでよかった。とても綺麗だ。こんなに美しい君をエスコートできるとは、僕はとても幸せ者だな。そうだ、今度は一緒にウェディングドレスを選びに行こう」

　さりげなく言われ、うっかり頷いてしまいそうになる。レーナは頬を引きしめ、できるだけ冷たく言った。

「それは、駄目です」

「駄目か」

「はい。駄目です」

　ふ、とヴァルタルが小さく笑う。少し残念そうではあったが、軽く曲げた腕を差し出してくるだけだ。

（ごめんなさい、ヴァルタルさま……）

レーナは品よく微笑み、そっと手を伸ばした。


パーティー会場へは馬車で向かった。

今夜のパーティーは、ヴァルタルの知人が開く比較的小さな内輪のものだという。教えてくれる声音から、ほんのわずかに不快感が感じ取れた。どうやら苦手な人物が多い集まりのようだ。

「今夜はとにかく僕が苦手な令嬢が来ている。立場上、彼女を理由もなく遠ざけるのは難しい。だがパートナーがいれば、彼女もそう強引には迫ってこないだろう。すまないが、僕の風除けになってくれないか」

車内で事情を説明され、レーナは納得し、同情した。

ヴァルタルの容姿や立場に群がる女性は多いだろう。こんなに素敵な人を逃すわけがない。だがそのぶん、こうした集まりで彼はいつも気を張っているのだ。

「今夜だけ……ならば」

「ああ、わかった。助かる」

ほ……っ、とヴァルタルが安堵の息を吐く。

彼の役に立てることが嬉しかった。だが喜びを顔に出さないようにする。

到着した屋敷はヴァルタルの邸宅に見劣りしないほど大きく、見事な庭があった。装飾がやたらと華美で財力を周囲に知らしめる感じがし、それは好きになれない。

　ヴァルタルの屋敷はシンプルなデザインが多く、代わりに質はとてもいい。そして物を大事に使っている。ヴァルタルが使っている執務机はとある貴族から譲り受けた歴史あるものだとミカルから聞いたことがあった。

（でも私に関しては、金銭的なことをまったくお考えにならないのだもの……）

馬車が大玄関の前で停まる。御者（ぎょしゃ）が扉を開き、ヴァルタルが先に降りた。

大玄関には使用人がずらりと並び、一斉に頭を下げた。

「いらっしゃいませ、ヴァルタルさま」

　一糸乱れぬ仕草に圧倒されてしまう。ヴァルタルが軽く頷き、車内にいたままのレーナに右手を差し出した。

「さあ、おいで」

　頭を下げたままの使用人たちが、レーナに全神経を集中させているのがわかった。ヴァルタルとはいったいどういう間柄（あいだがら）の者なのかと、無言の問いかけが伝わってくる。

怯（ひる）みそうになった心を叱咤（しった）し、レーナは唇を強く引き結ぶ。そして彼の手を取って馬車を降りた。

（品よく微笑んで、堂々と背筋を伸ばして。バーリー女史の教えの通りに。私はできる。できるわ！）

　今夜は風除け役とはいえ、ヴァルタルの隣に立つのだ。みっともない真似だけはしたくない。

ヴァルタルが、ふ、と微笑した。褒めてもらえたような気がして力が湧く。レーナはヴァルタルのエスコートに身を委ねながら、パーティーの会場へと案内された。

屋敷は外観よりも内装の方が豪華絢爛だった。広間に辿り着くまでの廊下の壁には、様々な絵がかけられ、彫刻、壷なども置かれている。足を止めて見入っている者もいて、芸術的価値が高いものなのだろうと予想はついた。

（でもこれほどたくさんあると、目がちかちかしてくるわ……）

「……相変わらず、無節操に収集しているようだな……悪趣味だ」

ヴァルタルがレーナだけに聞こえるように言った。レーナも声の大きさに気をつけながら応える。

「私はまだ芸術に関しては勉強中ですが……芸術品を収集する趣味はいいものだと教えていただきました」

「その通りだ。まだ芽の出ない芸術家は生活が苦しい。彼らを援助することで、素晴らしい作品が世に生まれる。そして良いものはなるべく多くの者の目に触れさせた方がいい。見た者の心が豊かになるからだ。だが無節操に見栄えのするものばかりを購入しても、それはどうかと思うが」

レーナは廊下を進みながら小さく頷いた。

飾られているものはどれもハッと目を引くものばかりだ。だが派手なものばかりで、収集家の意図が伝わってこない。配置も、空いている場所があるからそこに置く、というような感じで、テーマ性も隣り合う芸術品とのバランスも考えられていない。

屋敷の主は、権威欲の強い者かもしれない。レーナは心を引きしめる。

広間の入口は開かれていて、そこから音楽と様々な声が聞こえてきた。煌びやかな衣裳を纏った男女が、各々踊ったり、食事をしたり、談笑したりしている。

シャンデリアの輝きや衣裳の鮮やかな色合いに圧倒され、一瞬目眩を覚える。だが腰に回ったヴァルタルの腕の温もりが、心と身体を支えてくれた。

ドアマンがヴァルタルの来訪を伝える。ざわついていた人々が皆、口を噤み、彼を見た。

そして一斉に一礼する。ヴァルタルは柔らかな微笑みで軽く片手を上げて応えた。

この中で、ヴァルタルが一番高位だということだ。

男女問わずヴァルタルと話したいようで、皆、そわそわとこちらの様子を窺っている。自分がいると会話の邪魔になるかもしれないと思い、レーナは休憩用のソファに向かおうとした。

だが腰に絡んだ腕は解けず、反対に強く引き寄せられてしまう。その瞬間、女性たちの鋭い視線が全身に突き刺さった。

（め、目が……目が怖い……っ）

笑顔を浮かべているが瞳は鋭くレーナを見極めている。あれはいったい誰だ、ヴァルタルにとってどのような存在なのだ、と強い視線らが伝えてきた。

内心で冷や汗をかきながらも、レーナは品のある姿勢を決して崩さない。ヴァルタルが悪く言われるようなことだけは絶対に避けなければと、その一心で耐える。

声をかけられると、挨拶と二言三言程度の世間話でヴァルタルはすぐに離れてしまう。そのおかげで誰もレーナについて質問ができない。レーナは微笑みを相手に向けるだけで終わる。

内輪のパーティーだからか、人は溢れるほど多くない。やがて令嬢を連れた中年の男性が、ヴァルタルに近づいてきた。

男と同じ髪色と瞳の色をした美しい令嬢だ。鮮やかな赤いドレスとピンで耳上を留めただけのウェーブを描く豪奢な金髪が、とても華やかだった。圧倒的な存在感があり、レーナは内心で怯んでしまう。

また、彼女の後ろに二人の令嬢が付き従っていた。二人とも美人ではあるが、彼女に比べれば華やかさが圧倒的に足りなかった。二人はレーナを値踏みする目を向けている。

「ヴァルタルさま、ようこそいらっしゃいました。お久しぶりです」

男性が深く一礼してから嬉しそうに話しかける。赤いドレスの令嬢も一礼し、笑いかけた。

「お久しぶりです、ヴァルタルさま。お会いできてとても嬉しいです。お手紙を送らせていただいていたのですが……」

「すまない。公私ともに立て込んでいたから不義理をしてしまった」

とても申し訳なさそうに眉を寄せてヴァルタルが言う。彼女は慌てて首を左右に振った。

「不義理だなど……ヴァルタルさまが陛下の片腕として活躍なさってお忙しくされていることは、誰もが存じ上げています。私が勝手に送りつけたものです。どうかお気になさらないでくださいませ」

長い睫(まつげ)を伏せ、彼女はとても申し訳なさげに身を縮めた。豪奢な印象ばかりが心に残るが、相手を思いやる優しい令嬢のようだ。

レーナは内心でホッと安堵(あんど)する。どうやら彼女に風除けは必要ないらしい。

（むしろ気になるのはあちらのお二方……）

何しろ彼女の後ろにいる二人の令嬢は、親の仇(かたき)か何かのようにレーナを睨(にら)みつけ始めたからだ。

「ヴァルタルさま、せっかく娘に会いに来てくださったのです。ここではなく客間で……」

「ああ、いや、実はまだ仕事が片付いていないんだ。少しだけ話したいことがあって来た。すまないが、話しが終わったら帰らせてもらう」

「……そうでしたか」

男はとても残念そうな顔をする。だが娘の令嬢は優しく微笑んで頷いた。

「お忙しい中、私のために時間を割いてくださったことがとても嬉しいです。ありがとうございます。それでお話しとは……？」

「レーナ、こちらはローセンブラード伯爵イクセル殿だ。そしてこちらがご息女のヴィクトリア嬢」

「レーナ・ミルヴェーデンです」

紹介され、レーナも挨拶する。イクセルたちが訝(いぶか)し気に眉根を寄せた。

「レーナ……ミルヴェーデン……？」

何か気になったのか、イクセルがレーナの顔をまじまじと見ながら呟く。だがすぐに、首を左右に小さく振った。

「……そんなはずは……」

「イクセル殿？」

「ああ、申し訳ございません。存じ上げぬ家名だったもので……」

貴族社会に存在しない家名なのだから、仕方ない。自分の立場を聞かれたときにはこう答えようと、レーナはヴァルタルたちと相談して決めていた。

（私はヴァルタルさまが援助してくださっている孤児院の職員で、今夜はご厚意で華やかな場を見せていただいている、と）

そう答えようとするより早く、ヴァルタルが言った。

「——僕の妻となる人だ」

「……っ⁉」

ローセンブラード伯爵親子はもちろんのこと、さりげなく近くで聞き耳を立てていた貴族たちも、驚きに目を瞠り絶句した。

もちろんレーナも同じだ。そんなことを今ここで言うなど聞いていない。今夜はヴァルタルが苦手な女性たちが近づかないようにするだけのはずだったのに。

ヴィクトリアの背後の令嬢が、頬をひくつかせた。

「く、詳しくお話しいただけませんか……」

「君たちは僕の有力な婚約者候補だが、いくらそれぞれのお父上に断りの返事をしても聞き入れてもらえない。君たちにもきちんと伝えたが、僕には心から愛している人がいると言っただろう？　君たちは嘘だと思っていたようだが、本当のことだ。彼女が僕の一番大事な人、僕が心から愛している人だ」

レーナは内心で声にならない悲鳴を上げる。だがバーリー女史の教えのおかげで、品のいい笑顔は崩さない。ヴィクトリアの背後の令嬢らが、険しい瞳でこちらを睨みつけている。

（ヴァルタルさま！　この後始末はどうされるおつもりなんですか⁉）

レーナの心の悲鳴はヴァルタルにはもちろん届かない。彼は笑顔で続けた。

「今夜のパーティーで君たちが来ると聞いたから、ちょうどいいと同行してもらった。さあ、レーナ、挨拶を」

頭の中は恐慌状態でも身体は教えをしっかり守り、優雅で品のある礼をしている。

「どうぞよろしくお願いいたします」

「……失礼ですが、ミルヴェーデンという家名をお聞きしたことがありませんの。いったいどちらの方ですの？」

ついに耐えきれなくなったのか、ヴィクトリアの背後の令嬢たちが詰め寄ってくる。

ヴィクトリアが手にしていた飾り扇を広げ、少し強張（こわば）った表情を隠しながら言った。

「やめましょう。今更そんなことをあげつらっても、ヴァルタルさまのお心は変わらないのでしょう」

「でもヴィクトリアさま！　ヴァルタルさまのお立場を考えれば、その婚約者はヴィクトリアさまのように家柄と身分も申し分なく、淑女として完璧な方でなければならないと思いますわ！」

（ええ、その通りだわ）

淑女として成長していると実感はしていても、最終地点はまだまだ遠い。それに社交に完全なる終わりはないと、学ぶほどに実感する。社交のやり方は相手によって変わるし、流行は都度追いかけていかなければすぐに時代遅れとなるのだ。

身分と家格については、レーナにはもうどうしようもない。誰が両親かもわからない捨て子で、自分のルーツすらわからないのだ。彼女たちが納得できないのも当然だろう。

「やはり君たちは勘違いしているようだ」

レーナの腰を抱き寄せ、ヴァルタルが溜息混じりに言う。柔らかい口調ながらも奥底に嫌悪感が滲んでいて、令嬢たちは頬を強張らせた。

ヴィクトリアは真っ直ぐヴァルタルを見返していた。どんな感情を抱いているのかわからない瞳だったが、後ろの令嬢たちとは格の違いが感じられた。

「僕は身分も家格も、君たちが身に着けるアクセサリー程度にしか考えていない。それがあれば、当人が有能なのか？　そんなことはないだろう。僕はレーナの外側を愛しているわけではない。中身を愛している。だから君たちの忠告は、僕にとっては何も意味を持たない」

ヴァルタルの緑の目が眇められた。柔らかい微笑を浮かべているが、反論を許さない圧力がある。令嬢たちが言葉に詰まった。

　ヴィクトリアが扇の内側で小さく嘆息した。

「ヴァルタルさまがお決めになられた方ならば、仕方がありません。レーナさまにヴァルタルさまの妻となられるご覚悟がおありならば、ですが」

「ヴィクトリア！　お前は何を言って……！」

　話を見守るしかなかったイクセルが、娘の対応にひどく慌てた。ヴィクトリアは扇を閉じて微笑む。

「仕方がありませんわ、お父さま。今はヴァルタルさまのお心に入る隙間が一切ありませんもの」

「しかしだな！　どこの生まれかわからないような娘をヴァルタルさまの妻になど……納得する者など誰もいないだろう！」

「これほどはっきりレーナさまのことしか妻にする気がないと仰ってておられます。今は何を助言しても聞き入れてくださいませんわ。ここは引くべきです。これ以上ヴァルタルさまに悪印象は与えたくありませんわ」

　利発な人なのだろう。驚きの状況なのに取り乱すことなく、今は何が最善なのかを察して動いている。

　完璧な令嬢ではないか。ヴァルタルの傍に立つのならば、彼女のような者が相応しい。

（私ではなくて）

ヴィクトリアがレーナを見た。ドキリとする。

「レーナさま、私たちの世界には様々なしきたりや決まり事があります。もし何かありましたら遠慮なくご相談ください。お力になれると思いますわ」

「ありがとうございます」

「では、今日のところはこの辺で。失礼いたします、ヴァルタルさま」

ドレスを摘んで美しい礼をしてから、ヴィクトリアは立ち去っていく。颯爽とした背中をイクセルたちが追いかけた。

（凄いわ……あんなふうに毅然とされて、とてもお心が強い方なんだわ……）

少し、憧れてしまった。

だがヴァルタルはヴィクトリアの背中を厳しい目で見つめていた。頬には社交的な柔らかい笑みが浮かんでいたが、それが仮面だとわかる。

いったいどうしたというのだろう。ヴィクトリアに何か気になることがあるのだろうか。むしろ彼女はこちらの味方になってくれそうだったが。

心配になって呼びかけると、ヴァルタルはすぐに何でもないと首を横に振って微笑んだ。今度は仮面の笑みではなくてホッとする。

「レーナ、せっかくだ。一曲踊ってくれるか？」

喜んで、と頷きそうになり、レーナはハッとする。

ここでレーナを婚約者だなどと言った意図を突き詰めなければ。そして社交界に広まってしまう前に何とかしてもらわなければ。

レーナが口を開く前にヴァルタルは左膝をつき、右手を胸に当てて頭を下げる。そして左手を差し出すと、彼はうっとりするほど甘く優しい声で言った。

「愛しいレーナ。どうか僕と一曲踊ってくれないか」

まるで童話の中——騎士が王女に忠誠を誓うかのような芝居がかった誘いだ。だがヴァルタルがするとそれが当たり前に見える。

こちらの様子を敏感に察した楽師団が、柔らかなワルツ曲を演奏し始めた。

遠巻きに見ていた貴族たちから、感嘆の溜息が零れた。レーナも彼の様子にしばしぼうっと見惚れてしまう。

胸が痛いほどドキドキしている。それを周囲に悟られないよう小さく息を呑み、レーナは視線で駄目だと伝える。ここはもう帰るべきだ。

ヴァルタルが優雅に立ち上がり、レーナの手を掴んで強く引き寄せる。よろけた身体を抱き留められると同時にリードされ、ダンスの輪の中に入った。

ダンスの授業で時折相手役をしてくれたから、息はぴったりだ。そうでなくとも彼のリードはとても心地よい。

周囲からは羨望の眼差しが向けられる。互いの腰が密着するほど親密なリードに、レーナは胸をドキドキさせてしまいながらも足を動かす。

ヴァルタルが耳元で小さく笑った。

「素晴らしい。上達している」

「ありがとうございます」

褒めてもらえて嬉しくなり、頬が綻ぶ。だがすぐにレーナはヴァルタルを険しい瞳で見返した。

「ですが、ここで私のことをこんなふうに公表されるとは聞いておりません。変な噂が社交界に広がらないよう、何か策を考えなければ……!!」

潜めた声で言った直後、ヴァルタルがふいに上体を押し被せてきた。一瞬の、触れるだけのくちづけだったが、こちらを注視していた者たちが多く、声にならない驚きの悲鳴があちこちで上がる。

頭の中が真っ白になり、ヴァルタルを見つめたままで絶句する。ヴァルタルは愛おしげに微笑むと足を止め、輪から離れながら言った。

「すまない。君への想いが急に溢れてきて止まらなくなった。早く君を可愛がりたい。もう帰ろう」

ヴァルタルはレーナを外に促す。令嬢たちの憎悪の目が一気に向けられ、レーナは震え上がる。

だがこの空間から抜け出すには、丁度いい。

(もう少しいい帰り方があると思うけれど……!!)

腰を抱き寄せられ、頼りがいのある胸にほとんど倒れ込むようにしてエスコートされながら、

広間を出る。その間、全身に様々な感情の視線が突き刺さって居たたまれなかった。

ヴィクトリアたちはどう思っただろうか、と肩越しにそちらへ目を向ける。様子を見ていたヴィクトリアと、目が合った。

――何を思っているのかわからない、完全な無の瞳だった。一瞬、背筋が震える。

ヴィクトリアはすぐに微笑み、こちらに一礼する。そして取り巻きの令嬢たちを連れ、招待客に紛れた。

レーナは思わず嘆息する。ヴァルタルが心配げに呼びかけてきた。

「どうした？」

「……い、いいえ、何も……お気遣い、ありがとうございます。早く馬車に戻りましょう」

頷いたヴァルタルはレーナをぴったりと抱き寄せ、髪やこめかみにくちづけながら進んでいく。ずいぶん器用だと感心してしまうほどだ。

回廊は遅れてやってきた者たちや使用人が通ったりして、意外に人目が多い。ヴァルタルの様子を見て、皆、驚いている。

予想以上に早く戻ってきたが、御者は慌てることなく扉を開けた。席に着いた頃合いを見計らい、すぐに馬車を走らせる。

ようやく二人きりになり、レーナは座席から身を乗り出した。

「どういうことですか！　私を婚約者として発表してしまうなんて……聞いておりません！」

「そうだな。話していないのだから当然だ」

「このことは間違いなく社交界の噂になります。私がどういう生まれの者なのかを調べようとする方も出てくるでしょう。……こんな……こんな、取り返しがつかないこと……」

この瞬間から、ヴァルタルはどんな噂を立てられてしまうのだろうか。それが怖い。

（だって私には、その噂を払拭できるだけの力がないもの……!!）

「すぐにでも何か策を考えましょう。ミカルさまにも相談して……」

「駄目だ、このままでいい」

レーナは目を剥く。

ヴァルタルが長い足を組んだ。そんな仕草も見惚れるほど素敵だ。

「これで僕の婚約者として名乗りを上げる者がぐっと減る。残るのはおそらくローセンブラード伯爵家くらいだろうな。複数の令嬢たちに毎回まとわりつかれるのは本当に疲れる。これがヴィクトリアだけになればずいぶん楽だ。しばらくはこのまま、わずらわしい駆け引きから解放されたい。社交の場に出ないわけにはいかないからな……」

酷く疲れた表情と声だった。レーナは怒りを向ける先を失い、口ごもる。

ヴァルタルが深く嘆息したあと、微笑んだ。

「これも君のおかげだ。ありがとう。君は充分風除けの役目を果たしてくれた」

「ですがこれではヴァルタルさまが悪く言われてしまいます！　私が孤児院出身の娘だと知られたら」

「僕の目を盗んで君の情報を手に入れるのは相当難しい。それほど心配しなくてもいい」

「でも……!!」

「だからしばらく僕の婚約者役を演じてくれないか」

「……は……？」

突然の提案にレーナは目を丸くする。ヴァルタルは優しい笑顔で続けた。

「君は僕に仕事をくれと言っていただろう？　だからこれは君の仕事だ。給金も出そう。ならば問題ないだろう？　僕の心の平安のために、協力してくれないか」

そんなふうに言われると、断る理由が見つからない。確かに彼の役に立ちたくて、仕事をくれといつも言っていたのだ。

（また一つ、逃げ場を奪われているような……！）

「わかり……ました。お仕事なら、ば……」

「では君の出自以外では何か言われることのないよう、令嬢教育も頑張って欲しい」

「はい！」

背筋を伸ばして反射的に返事をしてから、レーナはがっくりと肩を落とす。これではヴァルタルの思うつぼではないか。

「あとは……こちらの方も、それなりに疑われないように頼みたい」

ヴァルタルが腕を掴み、強く引き寄せた。勢いあまって胸に飛び込んでしまい、きつく抱きしめられる。

驚いて顔を上げると、すぐさま深くくちづけられた。

「……ん……っ⁉」

熱い舌が口中に侵入し、舌に絡みついてくる。焦って押しのけようとすると、ヴァルタルの左手で手首を一つに纏めて掴まれ、抵抗を封じられてしまった。

舌がぬるぬると擦りつけるように口中を動き回り、レーナの息がすぐに乱れた。思考が蕩けるような心地よさもやってきて、駄目だと思うのに彼の舌を受け止めてしまう。

ヴァルタルの右手がドレス越しに胸の谷間に触れる。肌身離さず着けているロケットペンダントに触られ、ビクリと身体が強張った。

もし二人一緒に、王家の花に触れてしまったら――自分の気持ちを隠せない。

ペンダントから手を離したヴァルタルに、強く抱き寄せられる。気づけばヴァルタルの膝の上に向かい合って座らされていた。鍛えているとわかる引きしまった太股の上に臀部を乗せ、彼の腰を挟み込むように軽く膝を開いている。

恥じらって慌てて足を閉じようとしたが、ヴァルタルが自分の膝を開いた。乗せていた臀部が彼の太股の間に落ちそうになる。反射的にレーナはヴァルタルの腕を強く掴み、膝で彼の腰を挟んでしまった。

不安定な体勢のため、離れようとしてもできない。ヴァルタルがレーナにくちづけてきた。

「……あ、だ、め……ん……んぅ……っ」

顎を引くが、何の抵抗にもならない。舌で唇を舐められ、開くよう促される。唇を強く引き結んだままでいると、ヴァルタルの舌が強引に唇の合わせに入り込んできた。

そのまま舌を搦め捕られる。レーナの舌を吸い、口中を舐め味わいながら、ヴァルタルの右手が背筋を撫で下ろす。ゾクゾクした何とも言えない気持ちよさに身を震わせると、その手は腰を撫で、臀部の丸みに下りた。

スカートの生地越しに臀部を優しく撫でられる。唇は変わらず塞いだままで、ヴァルタルの指は後ろから器用にスカートの中に潜り込んできた。

薄い下着の生地越しに割れ目に沿って指が入り込み、すりすりと蜜口を擦られる。ビクッ、と大きく震えて離れようとするが、後ろに倒れてしまいそうになり、反射的に強くしがみついてしまった。

唇は離れたが、ヴァルタルはレーナの項に端整な顔を埋める。耳の下や首の薄い皮膚を軽く吸われ、蜜口を指の腹でくりくりと押し揉まれる。

じんわりと蜜が滲み出し、下着を熱く濡らしていく。愛撫に反応していると知られて恥ずかしくなり、レーナはヴァルタルの広い肩に顔を伏せた。

「……あ……っ、ヴァルタル、さま……っ！　そ、れ以上……は……あぁ……っ！」

きゅっ、と布地と一緒に花芽を指で摘まれ、擦り立てられる。レーナは思わず高い喘ぎを上げてしまい、ハッとした。

（ここ……馬車の中……っ）

いくら夜とはいえ、車外は往来だ。誰が通っているかはわからない。馬車は走っているが、もしも大きな喘ぎ声を出したりしたら――それを、誰かに聞かれたりしたら。

レーナは焦ってヴァルタルの肩に顔を擦りつける。指が巧みに動き、今度は花芽を優しく弄ってきた。

蜜は溢れ続け、下着はじっとりと濡れていく。ヴァルタルの指も同じ熱に濡れ、それが動きを滑らかにする。

しばし指の腹で花芽を擦り立てられていたが、今度は爪先で軽く引っかくように弄られた。少し刺激的な愛撫に腰が跳ねる。

「……ぁ……っ！」

喘いでしまいそうになり、レーナは慌てて唇を強く噛みしめる。だがそれを叱るようにヴァルタルの濡れた熱い舌が耳中にねじ込まれ、唾液を絡ませる音をさせながら小さな穴を舐め回してきた。

くちゅくちゅと濡れた音が頭の中に直接響いてくるようだ。背筋が震えるほどの快感がそこから生まれ、全身に広がっていく。

それはさらに蜜を滴らせ、足の間でもいやらしい水音が上がった。

「……だ、め……ヴァルタル、さま……声、出ちゃ……あぁ……っ」

耳朶を甘く噛まれ、声が高くなる。レーナはヴァルタルの肩に顔を伏せ、思わず軽くそこに噛みついた。

「……んぅ……っ！」

「……こんなに濡れて……君も、僕が欲しいんだろう……？」

「……んっ、ちがっ、んっ、んぅ……っ！」

花芽を親指でくりくりと押し揉みながら、長い中指が蜜口に入り込む。だが下着に阻まれて浅い部分を刺激するだけだ。

蜜のぬるつきもあって、不思議な気持ちよさがある。レーナはヴァルタルの肩に唇を押しつけながら身を捩った。

「駄目だ、レーナ。倒れてしまう。もっと僕にしがみつくんだ」

ヴァルタルの片腕が腰に絡み、強く引き寄せた。ドレス越しに恥丘が彼の股間に押しつけられる。

求めてくる指戯に身体を震わせ、身を捩ったりすれば――必然的に、彼の雄を股間で刺激してしまう。

「……あぁ……僕の愛しいレーナ……」

情欲にまみれた熱い声で囁かれ、レーナの快感は強くなるばかりだ。身体に馬車の揺れが伝わり、互いの敏感な場所が布地越しに触れ合う。

「ん……んん……っ」

ヴァルタルが時折腰を突き上げてきて、膨らんだ股間が恥丘を刺激してきた。

いっそのこと、このまま最後までしてしまいたい。本能の欲に流されてしまいたくなる。

(――花の効果はないのに)

「レーナ」

呼びかけられて涙目で見返すと、唇を飲み込むような深いくちづけが与えられた。同時にぎゅっと強く花芽を押し潰される。

「……っ!!」

強烈な快感が全身を走り抜け、レーナは大きく目を見開き、ヴァルタルの口中に悲鳴のような喘ぎを吹き込みながら達した。ひときわ熱い愛蜜が下着を濡らしていく。

絶頂の余韻に震えるレーナをきつく抱きしめ、ヴァルタルはずいぶんと長くくちづけていた。息が苦しくなり、頭が朦朧(もうろう)としてくる。このまま失神するのではないかと不安になったとき、ようやく彼の唇が離れた。

「レーナ、愛している……」

蕩けるほど甘い囁きに、レーナは目を細める。知らず、「私も」と続けようとしたとき、馬車が止まった。

御者が扉をノックする。ヴァルタルがレーナを離した。扉が開く。

一度大きく深呼吸して気持ちを整えると、ヴァルタルが先に降りた。そして愛撫に蕩けた表情を見られないよう、彼はレーナの頭を胸に押しつけ、抱き運んだ。

「ヴァルタルさま、一人で歩けます……!」

「駄目だ。そんな艶(つや)のある顔を誰にも見せられない。君は身体も素直だから仕方ないかもしれないな……よし、特訓しよう」

(何の特訓ですか!?)

絶句するレーナに、ヴァルタルが笑った。

（——どうしよう。逃げられない）

御者は特に何も思ってはいないようだ。羞恥と背徳感で何とも言えない気持ちになり、レーナはされるがままヴァルタルの胸で顔を隠す。

使用人に出迎えられ、ヴァルタルは寝支度を指示しながら寝室まで運んでくれた。額に優しくくちづけて、おやすみの挨拶をされる。

次々と逃げ場を塞がれていく。このままだと彼を拒み続けることができなくなりそうで、怖かった。

ヴァルタルはレーナを部屋に送ったあと、自室に戻った。しばらく一人にして欲しいと寝支度を手伝おうとした使用人を遠ざける。

上着をソファに放り投げ、襟元(えりもと)を緩めながら座る。何とも言い表しようのない疲労感が下腹部から全身に広がっていた。ヴァルタルは両手で顔を覆い、大きく深呼吸した。

この疲労の原因はわかっている。レーナを奪いたい気持ちと、それに反する気持ちのせめぎ合いゆえだ。

馬車での蜜事を思い出すと、再び欲望が頭をもたげてくる。いっそのこと、王家の花を使って濃密な快楽を交わし合いたい。だが、それでは駄目なのだ。

（王家の花を使わなくても、あの子が僕を求めてくれなければ……）

だが、自分も健康な青年だ。いつまで理性が保てるかわからない。

王弟であること、そして国王ができない陰の仕事をしているため、一見人当りのいい雰囲気になるよう心掛けている。だが実際のところ、それなりの精神的苦痛はあった。

貴族たちが交わす会話は、大抵くだらないものだ。どこかの不倫、浮気、夫候補あるいは妻候補として誰がいいか。さらには他家の財産、権力の度合い、どこの誰についた方がいいか、などなどだ。

腹の立つことに、国を動かすのは強欲な彼らがほとんどだ。彼らが道を踏み外せば、この国は一気に滅びの道を歩む。

そのこと自体は自業自得だから何とも思わない。だがこの国には異母兄が——何よりもレーナがいる。

もしこの国に滅亡のときが来たら、レーナと異母兄は別の土地で生きていけるよう、準備は整えてあった。

だが、レーナはごく普通の娘だ。住み慣れた国を離れることに、不安も戸惑いもあるだろう。彼女が永遠に幸せに過ごすために、この国は必要だった。

レーナのためを思えば、彼らを監視し、欺き、よからぬことを考えた者を粛清し、間違った方向に進まないよう『指導』することは、何でもない。だがそれでも時折、疲労に嘆息してしまう。

（だが、いつもの疲れとは違うんだったな……）

今、ヴァルタルを疲労させているのは、自身の中の欲望を抑えている疲労だ。扱いづらくて困ることも多いが、それでも以前に感じた疲労よりは心地よい。

それも、レーナの気持ちが確かに自分に向いていると思えているからだろう。

（可愛いレーナ。君は僕を大事にしすぎて、君自身の心に素直になれない。僕は君が……例えば罪人だったとしても、変わらず愛し続けるのに）

レーナが罪を犯したとしても、それはそうせざるを得なかったからだとしかヴァルタルには思えない。必要ならば罪を犯す自分とは、そもそも根本的な考え方が違う。

だが今夜のパーティーは、ある種、大成功だった。

婚約者の名乗りを上げ続けていたヴィクトリアたちに、レーナの姿を見せつけた。身分が立場が、などと取ってつけたような文句はこれから色々と出てくるだろうが、彼女の清楚で凛とした姿は、あの場の誰もの目を奪っていた。そのことに本人だけが気づいていない。

あれこれ理由を付けて令嬢教育を受けさせた結果だが、何よりも彼女自身の努力によるところが大きい。

どうしても嫌ならば、バーリー女史のこともヴァルタルのことも無視し、すべてを投げ出せばいい。それをしないのは、レーナが真面目で他人を思いやる優しさを持っているからだ。健気に頑張ってくれる姿を思い返すと、愛おしさが募る。

レーナさえ心を決めてくれれば、彼女を自分に釣り合う家格の伯爵家と養子縁組させる手配も進めている。

焦れる思いを飲み込み、ヴァルタルは大きく息を吐いて気持ちを切り替えた。

（このパーティー以降、レーナに様々な招待状が届くだろう）

それをしばらくは選別してやらなければならない。バーリー女史にも協力を頼まなくては。

ミカルを呼ぶべきだな、と呼び鈴を鳴らそうとすると、扉がノックされた。入ってきたのはミカルだ。

「お戻りになられたばかりで申し訳ございません。明日にはレーナさまに様々な招待状が届くかと思われます。まずはヴァルタルさまにお渡しして、中身を精査する方向でよろしいでしょうか」

本当に優秀な側付きで助かる。ヴァルタルは深く頷いた。

「今夜のパーティーはいかがでしたか」

ソファから立ち上がると、傍に歩み寄ったミカルがてきぱきと着替えを手伝い始めた。

「大成功だ。これもすべて、レーナの頑張りのおかげだ」

ただ、とヴァルタルは神妙な顔になる。ミカルもまた、頬を引きしめた。

三人の婚約者候補の中で一番気になるのは、ヴィクトリアだ。

今夜の彼女は特にレーナに対して何かしてくることはなかった。むしろ配慮した発言ばかりだった。レーナへの気遣いも感じ取れた。

だが、何も考えていないわけではないだろう。

華やかな外見、思慮深い態度、淑女としての知識の豊富さ――非の打ち所のない令嬢ではあるが、ヴァルタルは知っている。

ヴァルタルの婚約者として最有力候補となるよう、働きかけていることを。それにより、ずいぶん手痛い目に遭った令嬢もいる。彼女が動くのはこれからのはずだ。

「ヴィクトリアには気をつけておくように」

「畏まりました。レーナさまの社交界デビューのお話を伺ってから、女性の部下も用意しております。彼女を使うのはいかがでしょうか」

「お前は本当に優秀だ。その部下をレーナの傍に置くために必要ならば、僕の名を適宜、使ってくれていい」

褒めるとミカルは控えめに、けれどとても嬉しそうに微笑む。

正しい方法で成果を上げた者には、惜しみない賞賛を与える。それがさらに相手を向上させ、揺るぎない忠誠心へと繋がる。ヴァルタルがこれまで独自に学んできたことの一つだった。

女性同士の集まりに、男性は気軽に踏み込めないところがある。それが高位貴族の面倒な部分の一つだ。いずれ用意しなければならないと思っていた。

（レーナ、僕が君を守れないときが来るかもしれない。そのとき君は、どうするだろう……）

ヴァルタルの妻となれば、大抵の悪意は弾くことができるのに。さらなるもどかしさにヴァルタルは嘆息した。

翌日、レーナはバーリー女史に昨夜のパーティーの様子を教え、反省すべきことについて指導を受けた。概(おおむ)ね問題はなく、安堵する。

そのあとバーリー女史は、ヴィクトリアとその取り巻き令嬢の身分や、ヴァルタルに対する立場などを教えてくれる。

(確かにヴィクトリアさまは堂々とされていて、理性的で……ヴァルタルさまの婚約者として未だ名乗りを上げ続けていてもおかしくはないわ……)

ローセンブラード伯爵家は歴史が古く、由緒ある家柄とのことだ。政(まつりごと)でもその時代ごとに要職に就いていているという。現当主イクセルは財務関連の仕事に関わり、それなりの成果を上げているとのことだ。

ヴィクトリアは非常に社交的で、何か集まりがあると大抵中心的存在になるらしい。あの華やかで堂々とした外見を思い返せば、当然だろうと納得できた。

「その分、引っ込み思案なご令嬢はヴィクトリアさまと何も話せない、ということもあるのですが」

うんうん、とレーナは頷いてしまう。

あの夜、不思議な威圧感をヴィクトリアから感じた。自分に自信がない者ならば、あの目を向けられただけで怯(おび)えてしまうだろう。

「社交界デビューは成功したと言っても大丈夫でしょう。あなたは私の教えをよく守りました」

「ありがとうございます、バーリー女史」

頃合いを見計らったかのように扉がノックされ、ヴァルタルがやって来た。銀のトレーを持ったミカルを従えている。

トレーには、封書が何通も置かれていた。

「レーナ、少しいいか。バーリー女史にも頼みたいことができた」

封書を見て、バーリー女史はすべてわかっているというように頷く。ミカルがトレーをレーナの前に置いた。

「君への招待状だ」

「こんなにですか⁉」

ぱっと見ただけで、十通以上はある。昨夜のパーティーに参加しただけで、どうしてこんなに招待状が来るのか。

バーリー女史が一言断ってから、差出人を次々と確認した。

「こちらのご令嬢のお茶会については、まだ時期尚早かと。彼女の人となりにはあまりいい噂を聞きません」

「そうか。とりあえずこの茶会に出るのはどうかと考えているのだが」

「よろしいと思います。夜会はどうされますか。私としてはヴァルタルさまが同行できない集まりは、レーナさまにはまだ時期尚早です」

ヴァルタルとバーリー女史が一つ一つ招待状を手に取って仕分けていく。駄目だと言われた招待状はミカルが受け取った。

「あ、あのヴァルタルさま。この招待状は……」

「昨夜の結果だ。君を取り込むことで僕に取り入ろうとしている者たちが、競って君を招いている。こうしてすぐに動き出した者たちは、僕に対して尻尾を振ろうとしている者たちであることがほとんどだ。これで僕の政敵になるかどうかの判断が大まかにできるんだ」

招待状を送られただけでそんな判断ができるのか。頭では理解できても心はついていけない。

そうこうしている間に、一通の招待状がレーナの前に出された。

「この茶会に参加しよう。この令嬢はヴィクトリアの取り巻きでない。比較的安全に参加できる」

「万が一のときのため、私の部下をお傍につけさせていただきます」

すぐさまミカルが安心させるように続ける。部下を傍につけなければ茶会に参加することもできないのか。

（貴族社会って……本当に大変なんだわ……）

笑顔を浮かべながら腹の中を探り合うのが常套（じょうとう）だと教えられてはいたが、まさか身の危険があるほどなのだろうか。

そもそもこんな世界で、ヴァルタルは心安まるときがあるのだろうか。

目を伏せると、ヴァルタルが安心させるように抱き寄せてくれる。

「僕の婚約者であることを昨夜、知らしめた。君を害する者は僕の敵になる。よほどのことがない限り、君を害そうとする者はいないはずだ。こんな仕事ですまない」

いいえ、とレーナは首を横に振る。

そもそも、どんな攻撃が仕掛けられてくるのかもわからないうちから怯えていても、どうしようもない。誰一人味方がいないわけではないのだから、与えられた仕事はきっちりやり遂げなければ。

気を取り直し、レーナは強く頷いた。

「頑張ります！」


ミカルが護衛としてつけてくれたのは、レーナより少し年上のティルダという名の女性だった。穏やかな微笑みがミカルと同じで、とても話しやすい。レーナをヴァルタルの婚約者として尊重してくれたことも嬉しかった。

ティルダはレーナの友人として同行し、茶会に参加する。茶会は三面が天井までガラス張りになっているサンルームで行われ、三つの丸テーブルに数人の令嬢たちが着座するものだった。

テーブルの上には白磁に青い花が焼きつけられた揃いの茶器、大皿に乗った様々な種類の菓子などが置かれ、皆、おしゃべりに花を咲かせながら思い思いに味わっている。

レーナは主催者の令嬢の隣に座らされて緊張したものの、思った以上に和やかに話題を投げかけられるだけだった。少し戸惑ってしまうことには、ティルダがさりげなく助けてくれる。

穏やかな空気が漂う茶会だった。

（ヴァルタルさまが心配されるようなことは、起きなさそう……）

緊張していた心が少し緩んだとき、新たな客がやってきた。ヴィクトリアだ。

すでに開始からかなりの時間が過ぎている。新たな客が来るとは誰も思わなかったため、皆、驚きの顔を向ける。

「ご歓談中、失礼します。こちらにレーナさまがいらっしゃると聞いて、ぜひ私もおしゃべりに加えていただきたくて……お伺いも立てずに急にごめんなさい。先日はご挨拶だけしかできなくて、とても残念でしたの……」

主催者の令嬢が慌てて立ち上がり、挨拶する。こうなったら追い返せはしない。ましてや今いる令嬢たちの中では、ヴィクトリアが一番、爵位が高い。

だが立場上は、ヴァルタルの婚約者であるレーナがヴィクトリアよりも上だ。ティルダは警戒心を微塵(みじん)も感じさせない穏やかな微笑みを浮かべ、近くにいた令嬢に話しかける。

「ヴィクトリアさまにこのお茶会のことをお教えしたのはどなたなのかしら。ご一緒することがわかっていたのならば、私たちも協力しておもてなしのお手伝いをしたのに……」

「多分、あちらにいらっしゃる方よ。最近、ヴィクトリアさまと仲良くなられたらしいの」

飾り扇の陰で密やかに交わされる会話を耳にしながら、レーナは少し緊張する。

（この間は私に向けられた悪意をおさめてくださったけれど……一番面白くないのはヴィクトリアさまだと思うし）

急に押しかけたお詫びだと、ヴィクトリアから見た目もとても華やかで芸術的なプチケーキが差し入れられる。食べてしまうのがもったいないほどだ。

（す、凄いわ……このお菓子、いったいどれくらいのお値段がするのかしら……）

淑女としての嗜みを学んでいるとはいえ、孤児院育ちの金銭感覚はすぐに上書きされるものではない。この菓子を一つ買う金で何か皆の役に立てることはないかと、思わず真剣に考えてしまう。

そのせいで、ヴィクトリアがすぐ傍に近づいていたことに気づけなかった。ティルダがさりげなく腕を掴んで教えてくれ、慌てて顔を上げるともう彼女はレーナの隣に座っていた。素早い。

ヴィクトリアはティルダに目を向ける。ティルダは淑やかに挨拶をしたが、その場を動かない。

「見ないご令嬢だわ。レーナさまのご友人かしら」

「はい。ヴァルタルさまが引き合わせてくださいました」

ヴァルタルの名を出すことで、ティルダに変な手出しはできないようにする。彼の名を利用してしまって申し訳なかったが、今の自分ではティルダを守れない。

「そうなのですか。ヴァルタルさまはとてもレーナさまのことをお考えになられているのですね。あなたのお傍に置くのならば、ヴァルタルさまご自身が見出した方が一番安心ですもの」

近づきがたい空気を感じ取り、他の令嬢たちは自然と遠巻きにしている。ティルダは変わらずレーナの傍にいてくれて、それが心強かった。

ヴィクトリアが持っていた飾り扇を優雅に開いた。

「これからレーナさまは色々な方からお誘いをされると思いますわ。ですがどうぞお気をつけくださいませ。ヴァルタルさまの婚約者が……その、ごめんなさい、言葉が悪くなってしまいますが……どこの出自かもよくわからないうえ、突然現れたことに驚いてしまった方がとても多いのです。そういった方々は、その驚きが……不当な憎しみに変わってしまうこともあるのです」

こちらの身を案じる警告をされて、少し驚いた。彼女はレーナを邪魔者と思っていないのか。だがその警告は、紛れもない事実だろう。レーナは納得して頷いた。

「ご忠告、ありがとうございます。気をつけます」

ヴィクトリアが驚きの表情を向けた。

「あの、レーナさま……わたくし、あなたが嫌がらせを受けるかもしれないとご忠告申し上げたのですけれど……怖くありませんの？」

孤児であることで受けた不当な嫌がらせに比べれば、大したことはないだろうと思う。だからレーナは微笑み返した。

「ある程度の嫌がらせならば大丈夫だと思います。もしかしてそれを教えてくださるためにこちらにいらしたのですか」

「……えっ？　え、ええ……そういうことになります……わね」

いい人だな、とレーナは思う。こういう人が、ヴァルタルの妻として相応しいのではないか。

（性格もよくて、指導力もあって、ヴァルタルさまと家格も釣り合っていて……）

だがヴァルタルは、自分を選んでくれている。彼女と同じ身分があれば、迷わずヴァルタルのもとに行けるのに。

自分の力が足りないならば、努力で補えるはずだ。だが身分だけは努力ではどうにもできない。

生まれ落ちたときに持っているか、いないか——そういうものなのだ。

もしかしたら手に入れる方法があるかもしれない。国に貢献し、大いなる利益を与えることができたならばあり得るかもしれない。だがそんな方法は思いつかなかった。

「ごめんなさい。余計な気遣いでしたわ……」

「そんなことはありません。私はヴィクトリアさまのそのお気持ちが嬉しかったです。ありがとうございます」

ヴィクトリアからは複雑な笑顔が返ってきた。


「——ヴィクトリアが君にそんな注意喚起をしたのか？」

茶会から戻ったあと、レーナはヴァルタルに様子を尋ねられ、そのときのことを話した。驚くヴァルタルに、レーナは頷いた。

「はい。色々と気にかけてくださったようで……とてもありがたいなと思いました。ティルダさんがついてきてくれるとはいえ、私自身もこれから身の回りに気をつけます」

　ヴァルタルは神妙な顔で押し黙る。それからレーナを優しく抱きしめた。

「ヴィクトリアの言葉をあまり信用しすぎるのは良くない」

　その忠告に、息を呑む。茶会での彼女は、そんなふうに見えなかった。

「ヴィクトリアさまも、私のことをよく思っていらっしゃらないと……？」

「ヴィクトリア本人は今のところ、僕の敵になるような感じはしない。だが父親のイクセルは、僕との婚約が成立しないことを相当残念がっている。今もまだ、君を諦められないのならば愛人にし、世間的に誰も文句を言わない相手として最適なヴィクトリアと結婚した方がいいと勧めてくる」

　心の問題を気にしなければ、それが一番いいのかもしれない。チクリと胸が痛む。

「ヴィクトリアをあまり信用しすぎないように」

　そんなふうには思えないが、ヴァルタルが言うのならばその可能性はあるのだろう。何とも言えない空しさを感じながらも、レーナは強く頷いた。

　そして改めて思う。こんな世界で生きているヴァルタルは、想像以上に大変な思いをしているのではないか、と。

どの茶会に参加すればいいのかをバーリー女史が選別し、ヴァルタルの許可が出ると、その茶会に参加する。ここ数日は、この繰り返しだった。

時にはヴァルタルとともにパーティーにも参加する。ヴァルタルが決してレーナの傍から離れないため、嫉妬の視線が肌に突き刺さってもあからさまに何かしてくる者はいなかった。時折ヴィクトリアとも会うが、彼が傍にいるときはあえて近づいてこない。

ほぼ毎日、茶会やらパーティーやらに参加していると、度胸もついてくる。他の令嬢たちの振る舞いを見て、見習えるものは積極的に取り入れ、成長の糧にした。仕事に手抜きをしてはいけないと思っているからだ。

ある日、参加した茶会で、レーナはかなり露骨な嫌がらせを受けた。

いつものようにティルダと一緒に茶会に向かった。招待された令嬢の屋敷には薔薇園があり、そこにテーブルセットが用意されていた。すでにレーナ以外の招待客は思い思いの席で談笑していて、かなり前から茶会が始まっていたのだと想像できた。

「まあ、レーナさま、いらっしゃいませ。申し訳ございません、先に始めておりましたの」

「そうでしたか。時間を間違えてしまったのかと慌ててしまいました」

ティルダが柔らかい微笑でさりげなく挑戦的に返す。見つめ合う瞳の間で火花のようなものが飛び散っているように見えた。

場を取り成すように何か言葉を掛けようとすると、主催者の令嬢が席に案内してくれた。

話が盛り上がっている令嬢たちのテーブルの間をわざわざすり抜けるようにして、奥に案内される。誰も着席していないテーブルには、周囲とはあからさまな違いがあった。

二客のカップと小皿。注がれている茶は色味が薄い。小皿にはビスケットが二枚だけ。このテーブル以外は大皿に色とりどりの様々な菓子が芸術的配置で盛られているというのにだ。

ティルダの微笑が凍りつく。その瞳が一瞬で怒りに厳しくなったが、レーナは気にせず腰を下ろした。

「ティルダさん、座って。私は大丈夫です」

ティルダは渋々ながらも着席した。レーナはそっとカップを口に運ぶ。

薄い。これでは白湯とほとんど変わらない。

「こちらのご令嬢がこのような嫌がらせをする御方だったとは……これは、私たちの選別ミスです。ヴァルタルさまにご報告して、きちんと制裁を……」

「私が生まれ育った施設はヴァルタルさまのおかげでここまでひどくはなかったのですが、他の施設では毎日一食の食事にすらありつけないところもあるんです。他の施設のお手伝いをしたときに知りました。だから、どんなものであれ食べ物は無駄にしてはいけないし、食べられるものがあることは幸せなんです」

レーナはビスケットを口にする。

ヴァルタルと一緒に過ごすようになってからは口にしなくなった味だ。ぼそぼそとしていて、必要最低限の調味料の味しかしない。けれどなじみのある味だ。

(やっぱり私は、こちら側の人間なんだわ)

こういった華やかな世界では生きていけない人間なのかもしれないと、改めて思う。

（ヴァルタルさまを説得し続けた方がいいわ。ここ最近は、このお仕事のせいでそういうお話ができなかったけれど……）

忘れてはいけない。今、ヴァルタルの婚約者として傍にいるのは『仕事』なのだ。

ティルダが茶を味わう。そして小さく頷いた。

「実は私、こういう味の方がなじみがあって安心します。……ヴァルタルさまの部下になる前は、貧しい農村で育ちましたから」

初めて知る事実に、レーナは目を瞠る。自分の護衛、そしてそれを悟られないよう令嬢としてこうして隣に座るために、ティルダはこれまでにいったいどれほどの努力をし続けたのだろう。

（ああ、やっぱりヴァルタルさまは凄い人なんだわ。こうやって、とても優秀な人を見出す目をお持ちだから）

レーナとティルダはどちらからともなく顔を見合わせ、笑みを交わした。

まったく堪えた様子を見せないレーナたちに、令嬢たちから驚きの目が向けられたがそれだけだった。その後の嫌がらせは、令嬢全員から無視を決め込まれたくらいで、特に危険なこともなく茶会は終了した。むしろティルダとたくさんおしゃべりができて、楽しかったくらいだ。

もちろん最後まで留まることはせず、頃合いを見計らってさっさと帰ることにした。

帰るときは、きちんと主催者の令嬢に挨拶をした。バーリー女史が褒めてくれた優雅な礼だ。

「今日はいつもと違ったお茶会でとても楽しかったです。また誘ってくださいね」

主催者の令嬢の頬が、少し引きつった。それに少し胸がスッとし、レーナはティルダを連れて馬車に乗り込む。

他の令嬢たちがひそひそとこちらへの文句や批判をしている声を、背中で受け止める。ふてぶてしいだの神経が図太いだのなどと、上品な声で言いたい放題だ。

（こんな世界でヴァルタルさまは生きていらっしゃるのね……）

せめて彼が自邸ではのんびりと寛げるようになって欲しい。求婚には応えられないが、何かしたい。

帰りの馬車の中でそんなことを考えて、ハッとする。レーナは自嘲的に苦笑した。

（私……身勝手な女だわ……）

帰宅したヴァルタルはミカルの手を借りて室内着に着替えながらティルダからの報告を聞いた。

その前にレーナに会い、簡単に話は聞いている。だが「今日の茶会はどうだった？」と聞くとレーナはいつも明るく笑い、「ティルダさんのおかげで無事に終わりました」くらいしか答えない。

ヴァルタルに余計な心配をかけないようにしているのはよくわかる。その健気さが愛おしい。

抱きしめて、頭を撫でてたくさんくちづけて甘やかしてやりたい。もちろん、レーナが正直に話さなくてもその褒美は与えた。

レーナはティルダはもう帰ったと思っている。姿を見られないように屋敷内に留まることなど、ティルダにもミカルにも容易いことだ。もしまだ彼女が留まっていることをレーナが知れば、茶会の詳細を教えないようにと説き伏せるだろう。そうさせないよう、茶会から戻ったあと、必ずこうやってティルダに報告させていた。

着替えが終わる頃には報告が終わる。

(レーナの心を傷つけた代償は、支払ってもらわなければ)

「レーナさまはとても芯の強い御方です。そのような状況にあっても、心が折れることがありませんでした。むしろ、私とたくさんおしゃべりできるからと、喜んでくださいました」

(それがレーナの美点だ。……僕としてはもう少し弱くてもいいんだが)

ヴァルタルの求婚を受け入れる利点に流されてくれるくらいには、と思ってしまい、目を伏せて自嘲する。

「今回の茶会の主催者令嬢の父親は、確か……僕が資金援助をしている鉄道計画に加わっていたな」

ティルダとミカルが頷く。ヴァルタルは笑った。

「その計画から追い出す」

ある程度予想していたのだろう。二人は一瞬だけ複雑な表情で眉を寄せたが何も言わなかった。

この計画の立案者はヴァルタルだ。出資者を募る過程で自分に尻尾を振りたがる貴族たちを選別するにも役立ったのはまた別の話だ。

この計画から除外されるということは、ヴァルタルから見限られたと公に触れ回られるのと同意だ。

ヴァルタルは王弟であり、国王の剣と盾として様々なことに関わっている。そんなことをされれば、王都の貴族社会で生きていくのは非常に難しい。直接言葉や態度にしなくとも、自分までヴァルタルに目の敵にされるのはごめんだと、関わる者がほとんどいなくなる。

王都に基盤を持つ貴族としては、致命的だ。

「いくら掃除しても、この手の輩は消えないな……」

溜息混じりに呟くと、二人が声を揃えて応えた。

「畏まりました。すぐに手配いたします」

【第五章】

この日、レーナは新進気鋭の彫刻家が作った噴水のお披露目会を兼ねた茶会に参加した。

水瓶を持った水の女神というモチーフで作られた彫刻像は、まるで生きているかのようだ。微笑む顔も美しく、見惚(みほ)れてしまう。

芸術についてはまだまだよくわからないが、これはとても美しいとレーナは素直に思った。ローセンブラード伯爵家で見た芸術品の数々よりも、ずっと好みだ。

「ねぇ、ティルダさん。とても綺麗(きれい)だと思いませんか？　本当に生きているみたい。髪の毛なんて、特に精緻(せいち)で……！」

思わず興奮気味に、隣で一緒に噴水を見ているティルダに言う。ティルダは穏やかな微笑を浮かべて頷(うなず)いた。

「レーナさまは芸術方面は苦手だと仰(おっしゃ)っていましたが、そんなことはありませんね。とても感性が豊かです。素直に感激されることが一番重要だと私は思います」

褒められて嬉しい。照れくさげに笑い返すと、レーナの背後にいた令嬢たちが小馬鹿にするように笑い合った。

「確かにとても素直な反応です。子供のように稚拙な感想ですけれど」

「もう少し教養のある物言いをしていただきたいものですわ。ねえ、ヴィクトリアさま」

呼びかけられて、ヴィクトリアが微苦笑する。この茶会には、彼女も招待されていた。

ここ最近、ヴィクトリアとは何かと社交の場で鉢合わせている。

広いようで実はとても狭い世界なのだと、否応なく実感した。少しでも悪い噂が出れば、あっという間に広がる、ひどく息苦しい世界だ。

「私はいいと思いますわ。レーナさまのお気持ちが伝わってきます」

ヴィクトリアの言葉に、取り巻き令嬢たちが肩を竦める。ヴィクトリアさまはお優しいのだから、と囁くが、レーナは気にしない。いちいち気にしていたらきりがない。

ヴィクトリアがレーナの隣に並び、一緒に像を見上げた。

「本当に美しい顔をされていますね」

「はい、そうですね」

そのあとは、話題が続かない。こんなとき気の利いた会話ができればいいのだが、ヴァルタルの婚約者の最有力候補者であるヴィクトリアに、何を話せばいいのかわからなかった。

「……ごめんなさい。嫌な思いをさせてしまって」

ふいにヴィクトリアが、噴水の水音にかき消されそうなほど小さな声で詫びた。まさか謝罪されるとは思わなかったため、レーナは驚いて彼女を見返す。

直後、ヴィクトリアが急に目元を押さえ、俯いた。あっと思ったときには彼女がこちらに倒れ込んでくる。

咄嗟に支えようとしたが勢いを殺せず、レーナはよろめいたヴィクトリアに突き飛ばされた。

「……っ!!」

踏みとどまれず、噴水の中に落ちて尻もちをついてしまう。女神像が抱えた水瓶から水が流れ落ちてきた。

ドレスがたちまち水を含んで重くなる。髪も濡れ、乱れた。一瞬何が起こったのかわからず、大きく目を瞠る。

ティルダが青ざめて噴水の中に入ってきた。

「レーナさま!!　大丈夫ですか!?」

ティルダが腕を引いて起こしてくれる。レーナは頷き、慌ててヴィクトリアを見た。

ヴィクトリアの方は噴水の縁を掴んで身を支えていて、濡れた様子はない。

「ヴィクトリアさまは大丈夫ですか」

「え、ええ……ですがレーナさまの方が……!」

「これくらい、何ともありません」

言いながらレーナはスカートをぎゅっと絞る。薄い白絹の靴下に包まれた足が膝の辺りまで剥き出しになり、令嬢たちが小さく悲鳴を上げた。

「何て破廉恥な……!!」

白絹は濡れて肌に貼りつき、皮膚の色が透けて見える。右ふくらはぎの内側の痣を見て、ヴィクトリアが青ざめた。

「レーナさま、お怪我をされてます！　どこかぶつけて……⁉」

先端が丸い星型の痣は、生まれつきだ。レーナは安心させるために笑いかける。

「大丈夫です。これは生まれつきのもので……痛みもありませんから」

「……ねえ、今のあの方、濡れ鼠みたい」

ひそ、と誰かが呟く。レーナは髪を絞ったあと、ティルダの手を借りて噴水から出た。

（ああ、始まってしまうかも……）

レーナの予想通り、悪意のこもった囁きが次々と生まれ始めた。

「確かにその通りね。みっともないわ」

「あの方、やっぱり貴族出身ではないのではないかしら？」

「そうかも知れないわ。知ってる？　ヴァルタルさまを身体で籠落したとかいう噂も聞いたわよ」

嘲笑の笑みと囁きが交わされる。ティルダが眉を顰め、令嬢たちに反論しようとした。

それを止めたのはヴィクトリアだった。

「おやめなさい。みっともなくてよ」

ぴしっ、と鞭で打たれるような芯の通った声だった。令嬢たちは気まずそうに押し黙る。

（凄いわ……一声でこれほどまで場を制してしまうなんて……）

自分にないものだ。これがきっと、生まれの違いというものだろう。命じることに慣れているからこそ。

レーナにはなかなか難しい。そもそも人に命じることが好きではない。誰かを従えるのは、力で押さえつけているように思えてしまうからだ。相手はそんなつもりはなくとも躊躇ってしまう。

令嬢としての格の違いを思い知らされる。任された『仕事』を必死に務めているつもりだったが、やはりまだまだ足りない。

努力では追いつけないものを感じ、レーナの胸は小さく痛んだ。

ティルダがレーナの肩を抱き寄せた。

「レーナさま、このままではお風邪を召してしまいます」

「そうですわ。湯と着替えを貸していただきましょう」

ヴィクトリアがすぐさま主催の令嬢に目を向ける。彼女は目が合うと困ったように眉を寄せた。

ヴィクトリアの頼みは聞いてやりたいが、レーナを助けるのは嫌なのだろう。ヴィクトリアと彼女の関係にヒビが入るのも申し訳ない。

「お気遣い、ありがとうございます。私、かなり丈夫な身体をしているので大丈夫です」

この程度で風邪をひくほど柔な身体はしていない。笑顔で言って、レーナはティルダを連れ、茶会を脱した。

馬車停めに行くと待っていた御者がレーナの姿をみとめ、ぎょっと目を剥いた。いったいどうしたのだと問われ、曖昧に笑ってやり過ごす。御者が丁度持っていたタオルを使い、車内でひとまず髪や顔を拭く。

長手袋を外させ、ティルダが冷えた手を両掌で包み込んでくれた。彼女は心配のあまり青ざめている。

「レーナさまに風邪をひかせたとなれば……ヴァルタルさまに殺されてしまいます……」

そんな馬鹿な、とレーナは笑い飛ばす。

「そんなに心配しないでください。今日はヴァルタルさまは陛下に呼ばれて王城でしょう？　この時間にはまだ戻らないはずです。ヴァルタルさまが戻ってくる前にお風呂に入って着替えてしまえば、隠蔽は完璧です！　目撃した方々には秘密にしてくれるよう、一緒にお願いしましょう」

「……レーナさまったら……」

無邪気な物言いに、ティルダがようやく笑ってくれる。レーナはほっとした。

（ヴィクトリアさまだったら、もっと早く上手に、ティルダさんを笑顔にできたのかしら……）

先ほどのヴィクトリアの凛とした姿を思い返し、どうしても自分と比べてしまう。

ノルデンフェルト公爵邸に到着すると、すぐさまティルダが出迎えの使用人たちに湯と着替えの用意を指示した。彼女たちはタオルで肩を包み込んだ姿で帰ってきたレーナに驚き心配げな顔をしたが、何も聞かずに浴室まで連れていってくれた。

だが途中の廊下で、ばったりヴァルタルと出くわしてしまう。

「……あ……っ」

慌てて足を止め方向転換したが、間に合わない。手にしていた書類を付き従っていたミカルの胸に押しつけた直後、ヴァルタルは大きな歩幅で一気に近づいてきた。

あっという間に壁際まで追い詰められ、厳しい表情で問い詰められる。

「どうしてそんな格好をしているんだ」

「あ、あの、これは……その……きゃ……っ」

「いや、事情はあとで聞く。とにかく入浴だ」

ヴァルタルが軽々とレーナを抱き上げ、浴室に向かう。慌てて追いかけようとしたティルダをミカルが引き留めた。

浴室に辿り着くと、猫脚のバスタブには熱い湯が半分ほど溜められていた。使用人たちが大急ぎで準備をしている。

タイルの床に下ろされるとすぐさま使用人に取り囲まれ、ドレスを脱がされた。

人前で脱がされることにはいつまで経っても慣れない。なのにヴァルタルはその場で自ら手早くシャツのボタンを外し、腰元を緩め、何の躊躇いもなく裸になっていくのだ。

まだ昼間の浴室内は、窓からの日差しで明るい。ヴァルタルの彫刻像のように美しい裸の後ろ姿を目にし、レーナは反射的に両手で顔を覆った。

「……ど、どうして……！　どうしてヴァルタルさまも脱いでいらっしゃるのですか⁉」

「君の入浴の手伝いをするためだ。別に恥ずかしがることはないだろう。初めて抱いた翌朝も、僕が君を洗ってやった」

確かにその通りだが、あのときと今では心構えがまったく違う。

使用人によって全部脱がされた身体に、ヴァルタルの片腕が絡む。

「お前たちは下がっていい。あとは僕がやる」

逃げようとしても強く引き寄せられ、バスタブに入れられてしまった。

これ以上の抵抗は無駄だ。諦めてされるがままになる。

「ああ、こんなに冷えて……」

ヴァルタルは背後に回って座り、広げた膝の間にレーナを入れて抱きしめてくれた。

熱い湯とヴァルタルの温もりが全身を温めてくれる。羞恥と冷えで強張っていた身体が、ゆっくりと解れていった。

濡れた髪にヴァルタルが頬を擦りつけた。

「髪も冷たい。それに……少し汚れた匂いがする」

噴水の水は、決して清潔ではない。これではヴァルタルも汚れてしまうと気づき、離れようとする。しかし腰に絡んだ腕が逃がさない。

「洗ってあげよう。目を閉じてじっとしていなさい」

レーナの抵抗を無視し、ヴァルタルはさっさと頭を洗い始めてしまった。下手に身動きすると裸を見られてしまうため、レーナはなるべく小さく身体を縮めることしかできない。

何が楽しいのか、ヴァルタルは鼻歌交じりに頭を洗ってくれる。骨張った指で繊細に頭皮を擦られると、とても気持ちがいい。

ヴァルタルは丁寧に髪を洗い終えると、水気をタオルで拭(ぬぐ)い取ってくれる。その頃には身体もぽかぽかだ。

「——それで、何があった？」

再び膝の間に座らされて、ヴァルタルが問いかけてくる。振り返れば湯気で湿った額に張りついた前髪をかき上げるところで、それがとても色っぽく、慌てて前に向き直った。

「あ、あの、もう温まりましたので！　ありがとうございました‼」

「何があったのかを教えないと、離さない」

両腕が腰に絡み、ヴァルタルが背中にぴったりと身を寄せてくる。そして首筋や耳を軽く啄(ついば)んできた。

「……べ、別に何も……お茶会に参加して、そこでちょっと手違いがあっただけです」

「手違いとは何だ。僕のレーナがずぶ濡れになる手違いなんて、僕は許さない」

「……た、ただの、手違いで……や、ぁ……っ！」

直後、ヴァルタルの両手が胸の膨らみを包み込んだ。やわやわと指先を膨らみに沈めるように揉(も)み込まれ、レーナは真っ赤になる。

「な、何をなさって……‼」

「君がきちんと答えないから仕置きだ。レーナ、手違いとは何だ。正直に答えないともっとするぞ」

言ってヴァルタルは指先で胸の頂を摘み、軽く引っ張ったり捏ね回したり、指の腹で擦り立てたりする。

「それとももっとして欲しいか？　僕は構わない。ああ、でも君が欲しがってくれなければ最後まではできないか……ならば君だけ、よくしてあげよう」

感じやすい耳裏を舐めくすぐりながら、ヴァルタルは囁く。彼の両手は脇と腹を撫で下ろし、恥丘へ向かっていた。

「わか……わかりました！　お話しします……っ」

ぴたりと手が止まる。だが腰は改めて抱き寄せられてしまった。

レーナは仕方なく事の次第を説明し始めた。なるべくヴィクトリアにヴァルタルの怒りが向かないよう、言葉選びには気をつけた。

「……そうか。ヴィクトリアのせいか……」

「そ、それは少し違います。ヴィクトリアさまはわざと私にぶつかったわけではありません し！」

「まったく君は……バーリー女史は令嬢のしたたかさやあくどさについて教えていないのか。それに何か落ち込むようなことがあっただろう。それを教えてもらっていない」

状況の説明に自分がそのとき何を思ったかの感情は含めていない。どうしてわかったのかと、レーナは驚きに身を強張らせてしまう。

誤魔化せばよかった、と気づいたが遅い。ヴァルタルが肩口に溜息を落とす。

「君は色々と我慢しすぎだ。いい子でいようとする君はいじらしくて愛おしいが……僕はもっと甘えて欲しいんだ」

「今も充分よくしてくださっています。これ以上は……贅沢すぎます……」

「僕の願いを聞いてくれないのならば、やはり仕置きだ」

その理屈はおかしいと反論する前に、ヴァルタルが首筋に強く吸いついてきた。

痕がつくほど強く吸われ、刺激的な愛撫に身体の奥が疼いてしまいそうになる。レーナは観念し、正直にヴィクトリアに抱いた劣等感を教えるしかなかった。

何だか自分がひどく矮小な人間に思え、ヴァルタルの腕の中で縮こまってしまう。ヴァルタルが再び嘆息した。

「いいか、レーナ。僕たち貴族は立場に相応しい態度を取る必要がある。ヴィクトリアの生まれは高位貴族の、命令することに慣れた立場だ。それに見合った態度が取れるよう教育されたら、誰でもそうなる。だが君は違う。君は孤児院で皆と寄り添い合い、助け合う生活をしてきた。その環境の中で君は僕が妻にしたいと請うほどの女性に成長した。それはその環境と君の資質がなければ生まれず、成長しなかったものだ。君はもっと……そうだな。僕に愛されていることを、もっと誇りにしていい。誇りにしてくれ」

きゅんっ、と胸がときめく。

嬉しい。だがすぐにハッとする。

（何を喜んでいるの！　ヴァルタルさまに変な期待をさせないよう、ここまでにしなくちゃ……!!）

するとヴァルタルが耳元で少々荒い息を吐いた。

「わざわざ言わないとわかってもらえないとは……やはり仕置きだな」

「え……あっ！」

少し強めに乳房を揉み込まれ、軽く仰け反る。すぐさまヴァルタルが後ろから覆い被さり、レーナの唇をくちづけで塞いだ。

「……んっ、ん……んっ！」

舌を搦め捕られ、強く吸われる。舌の根が痺れるほどの官能的なくちづけだけではなく、再び胸の頂の攻めも加えられた。

爪の先でかりかりと引っかかれるように弄られて、気持ちがいい。知らず腰が揺れ動き、臀部が起ち上がり始めた男根を柔らかく擦る。

「……は……っ」

唇を離し、ヴァルタルが悩ましげに熱い息を吐いた。その仕草にドキリとする。

ヴァルタルが、はむっ、と軽く鼻先を甘噛みした。突然の予想もしていなかった愛撫に驚く。

「悪戯っ子だな。そんなふうにされたら……君が、欲しくなる……」

耳元で耐えるように熱い声で囁かれると、捧げたくなってしまう。気づけば頷きそうになり、レーナは慌てて立ち上がろうとした。

「……も、申し訳ございませんでした。あの、もう上がりましょう」

ヴァルタルも頷いて、立ち上がる。湯船から出て衝立にかけられているタオルを手渡そうとし、彼の股間で反り返っている男根の雄々しさをまともに見てしまってぎょっとした。

先ほど臀部で感じ取ったそれは、まだ半勃ちだったはずだ。それなのにもうこんな状態になるほど、求めてくれているとは。

ヴァルタルが気づいて微苦笑し、レーナの喉元を軽く指先でくすぐった。

「あまりじっと見られると、もっと漲ってしまう。だが君が求めてくれなければ、しない。そう言っただろう？」

確かにそう言ってくれた。だが、彼を我慢させてしまっているのもよくわかる。

こんなに欲しがってくれているのに、応えられないことが辛い。ならばせめて、とレーナは小さく息を呑んでから言った。

「……何か、できませんか……？」

ヴァルタルが軽く目を瞠る。まじまじと見つめられ、レーナは身を縮めた。

「……も、申し訳ございません。失礼なことを……」

ヴァルタルが、軽く眉を寄せる。どこか苛立たしげな仕草に小さく震えると、彼は低く呟いた。

「これほどいじらしく尽くそうとしてくれるのに……僕のものにはならないんだな……」

「ヴァルタルさ……あ……っ」

ぐいっ、と腰を引き寄せられ、ヴァルタルは上体を押し被せるようにしながら瞳を覗き込んできた。親指で、レーナの唇をそっと撫でてくる。

「君の中に……入りたい」

レーナは泣きたい気持ちでかすかに首を左右に振った。ヴァルタルが微苦笑した。

「ならばこの唇で、僕を愛してくれ」

（口、で……？）

レーナは小さく息を呑み、視線を落とす。先ほどよりも反り返った男根が目に映った。レーナが見ているせいかびくびくとかすかに震え、さらに角度を増す。筋の浮いたそれはあまりにも狂暴で太い。

手で愛したことはある。だが今度は口で、と怯（ひる）んだが意を決し、ヴァルタルの足元で膝をついた。

「……すまない。馬鹿なことを言った。大丈夫だから上が……」

男根を、そっと両手で包み込む。この間教えてもらったやり方で少し強めに扱（しご）く。ヴァルタルが驚きの目を向けた。

肉竿の根元を両手で支え、思いきって舌で先端に触れる。ぺろりと舐めると、少し苦味のある味がした。……耐えられないほどではない。

「レーナ、待……っ」

棒状の飴を味わうように、舌で肉竿を舐め回し始めた。

やり方はよくわからなかったが、ヴァルタルが自分の秘所を舐めてくれるときの舌の動きを真似てみる。あのとき、いつも彼の舌はレーナに快感しか与えないからだ。

「……ふ、く……っ」

ヴァルタルが息を詰めた。それ以上は抵抗しない。どうやらやり方は間違っていないようだ。ヴァルタルの息が乱れ、目元がほんのり赤くなる。湯気で湿った精悍な頬を汗の雫が伝い落ちる様が、とても色っぽくてドキドキした。そうさせているのが自分だと思うと嬉しくて、もっと感じて欲しくなる。

どうしたらヴァルタルが感じてくれるか。気持ちよくなってくれるか。それだけを探って肉竿を懸命に舐める。

肉竿がさらに起ち上がった。先端から透明な雫が溢れ出し、レーナは慌ててそれを舐め取りながら亀頭を口に含む。

ぬぷぷ……っ、と深く呑み込むが、口中に納めきれない。息苦しくなって、思わず肉竿から口を離してしまう。

「……お、大きく……て……ごめ、なさ……」

もう一度挑戦してみるつもりだったレーナの腕を、ヴァルタルが無言で掴んで引き上げた。立ち上がらせられ、浴室の壁に両手をついて後ろを向かせる。

「ヴァルタルさ……ま……あっ、駄目……っ!!」

臀部を掴み、柔肌に指を食い込ませながら割れ目を開いて、ヴァルタルが肉竿を押し入れてきた。蜜壷の中に入ってきてしまうと、レーナは戦慄く。

だが肉竿は、レーナの割れ目を擦るだけだった。

「君が求めてくれるまでは入れないと、言った、だろう。それとも入れて欲しいのか……？」

腰を激しく動かしながら、ヴァルタルが問いかける。レーナは壁に縋り、唇を強く引き結んだ。

（欲しい。……いいえ、駄目……！）

答えないレーナにヴァルタルは息を詰めたあと、さらに激しく腰を揺すった。

「……んっ、あ……あっ」

膨らんだ先端が花芽を突き上げ、肉竿が花弁を擦って気持ちがいい。

浴室内は声が響き、必死に耐えている喘ぎも、耳元に落ちるヴァルタルの荒い息も、はっきりと聞こえる。それもレーナを昂ぶらせた。

「……レーナ、レーナ……君の中に、放ち、たい……っ」

ヴァルタルが臀部から乳房へと両手を移動させ、快感で張った二つの膨らみを強く握り込んだ。痛みと紙一重の強い愛撫に仰け反る。

二人同時に達し、ヴァルタルが低く呻いて精を放った。壁と下腹部と胸の谷間が、白濁で汚れる。

どちらもすぐには息が整わない。崩れ落ちそうになる身体をヴァルタルが支え、優しいくちづけを与えてくれた。

「愛している、レーナ……」

同じ言葉を返せないことが切なかった。


もう一度身体を綺麗に洗い、新しい服に着替え、ヴァルタルとともに彼の執務室に入る。中では、ティルダとミカルが待っていた。

ティルダは真っ青な顔で深く膝を折り、頭を垂れている。どのような罰を与えられてもすべて受け入れるつもりだとわかる。

レーナは慌ててティルダの傍に行った。

「ヴァルタルさま、ティルダさんは私をいつも守ってくれています。今回のことは不慮の事故です。ティルダさんに非は一切ありません！」

ヴァルタルが小さく苦笑した。

「ティルダはこれまで僕に充分尽くしてくれている。一度程度の失態で切り捨てるには惜しい人材だ」

レーナは思わず深く息を吐き出す。ミカルも安堵した表情だ。

ヴァルタルとともにソファに座ると、ミカルが茶を淹れてくれた。その間にティルダが詳しく茶会の状況を説明する。

ヴァルタルはレーナを自分の隣に引き寄せ、腰に腕を絡めている。空いた手は時折肩から零れ落ちる髪を手慰みに弄った。

報告を聞き終えたヴァルタルは顎先を軽く摘んで押し黙った。しばらくして、低い声で言う。

「ヴィクトリアが何かしたという証拠は見つからないな」

「ヴィクトリアさまの演技が非常にお上手だということだけしかわかりませんね……」

ヴァルタルの呟きにミカルが眉を顰める。ティルダも注意深く頷いた。

だがレーナは驚いてしまう。ヴィクトリアの演技とはどういうことだ。あのときの彼女にそんな様子は一切感じられなかったのに。

表情で言いたいことがわかったのだろう。ヴァルタルが微笑んだ。

「君には想像ができないかもしれない。だが貴族は、必ずしも見た通り、受けた印象通りではないんだ」

レーナは息を呑む。ヴァルタルは少し悲しげに目を伏せた。

「貴族社会というものは、ごく限られた者たちによって運営される閉鎖された社会だ。そこで力を持つのは、家格と財産と状況を見極めて上手く立ち回る頭脳を持つ者だ。そして何よりもしたたかさが要求される」

思わず表情が強張った。求められていることは、レーナにはあまりにも縁がないものばかりだった。

「ヴィクトリアはそういった意味で、とても貴族らしい女だ。彼女は取り巻きを使い、自分以外の女が僕に近づかないよう、色々と画策している。以前、酔ったふりをして僕に介抱させ、既成事実を作ろうと色仕掛けをしてきたこともあった。僕も危うく騙されるほどの演技力だった」

「……え……？」

ぽかん、とレーナは目を丸くしてしまう。これまで見てきたヴィクトリアからはまったく想像できないことだ。

清楚で凛としていて、身分差など元から考えないような人だと思っていたのだが——そもそもそれが根本的に間違った認識だというのか。

「僕は君以外に欲情することがない。そこがヴィクトリアの誤算だった。普通の男だったら、あのときの彼女の誘惑をはねのけるのは難しいだろう」

何か、言葉に表しようのない怒りのような熱が、腹の奥に生まれてくる。この感情はなんだろうと思いながらも、レーナは思わず問いかけた。

「ぐ、具体的には……どのようなことを、されたのですか……？」

知りたくないのに、聞いておかないと気が済まない感じがする。

ヴァルタルが驚きに軽く目を瞠ったあと、すぐに嬉しそうに笑った。

「安心してくれ。どんなことをされても君でなければ僕は滾らない」

「そんな答えを知りたいわけではありません。……どうして嬉しそうなのですか？」

「僕を誘惑したヴィクトリアに嫉妬したのだろう？　これを喜ばない僕ではない」

嫉妬という言葉がストンと胸に落ちて納得できたが、そんな感情を抱くこと自体が身勝手すぎるのではないか。何度もヴァルタルからの求婚を断っているのに。

（私‼　何て我が儘なのかしら……‼）

駄目だ。気持ちを切り替えよう。レーナは大きく深呼吸して心を整える。

「申し訳ございません。あまりにもヴィクトリアさまが大胆なことをされる方だと知って、動揺してしまいました……」

「それは君がヴィクトリアに嫉妬したからこその動揺だ。いい傾向だ」

「そ、それこそ違います‼　勝手に私の気持ちを決めつけないでください……‼」

ふむ、とヴァルタルが軽く頷いた。

「これ以上言うと、怒って口を利いてくれなくなりそうだ。仕方がない。我慢しよう」

「そうしてくださいませ、ヴァルタルさま。レーナさまとおしゃべりできなくなったらどうされるのですか」

「死ぬ」

それ以外あり得ないというように、ヴァルタルがあっさり答える。ぎょっと目を剥くと、ミカルが笑顔で続けた。

「そういうことですので、どうかレーナさま、ヴァルタルさまとお話しされないようなことはなさらないでくださいませ。よろしくお願いいたします」

「……わ、わかり、ました……」

何だか謎の牽制をされたような気がしないでもないが、頷く。ティルダが神妙な顔で言った。

「ですが今の状況では、レーナさまに近づくなと命じる決定的な理由がありません」

不快げにヴァルタルが眉を寄せる。その横顔を見ると、何か協力できることはないかと必死に考えてしまう。

（ヴィクトリアさまがそんなことをなさるとは思わなかったけれど……ヴァルタルさまがこれほど警戒されているのだもの。きっと何かしてくるのだわ……）

自分はヴァルタルをどう守ることができるのだろうか。わからない。わかるのは、自分に力がないことだけだ。

例えば戦う力、例えば財力、例えば権力――そういったものがあれば、ヴァルタルを今よりもっと守ることができるのに。

「レーナ。君は何も心配することはない」

思いわずらってしまった表情を見て、ヴァルタルが言う。レーナは慌てて安心させるための笑顔を浮かべようとし、ふと、思いついた。

「私、ヴィクトリアさまと仲良くなって、何を考えていらっしゃるのか探ってきます！」

ヴァルタルの頬が強張る。ミカルとティルダがまずいことを聞いてしまったかのように青ざめた。

この方法ならば、自分でも役に立てる。レーナは勢いづいて続けた。

「ヴィクトリアさまから情報を入手して、ヴァルタルさまにお伝えします。どの情報をどのように使えるかまでは私には判断できませんが、有益なものを見つけてきます……！」

「――駄目だ」

凍いてつくほど低い声で、ヴァルタルが言う。

「君にそんな危険な真似はさせられない。君の心意気は嬉しいが、僕のレーナが万が一にも傷つけられたりしたら……僕は哀しみのあまりどうなってしまうかわからない……」

ヴァルタルはさりげなくレーナに背を向けて続けた。どんな顔をしているのかは、見えない。

ヴァルタルの声がかすかに震えている。そんなことまだ起こってもいないのに、これだけ心配させてしまっているのか。

レーナは身を縮めた。

「……あ、浅はかなことを……申し訳ございません……」

ヴァルタルが向き直って歩み寄り、レーナの頬に優しくくちづけた。

「君が僕の役に立ちたいと必死に考えてくれたことだろう。その気持ちはとても嬉しい。だが、君を危険な目には遭あわせたくない。どうか僕を安心させてくれ。もう二度と、そんな提案をしてはいけない」

「はい、わかりました。心配してくださってありがとうございます。もう二度と言いません」

素直に頷くと、ミカルが場を取り成すように、新しい茶を淹れてくれる。ティルダは菓子を勧めてくれ、室内の強張った空気はすぐに穏やかなものへと変わった。

（私、何もできていないんだわ……）

令嬢教育は順調に進んでいるが、それでも今日のヴィクトリアを思い返せば、まだまだ完璧ではないと実感するばかりだ。知らず、レーナは重い溜息を吐いていた。

翌日、ヴァルタルと一緒に朝食をとり食後の茶をゆっくりと味わっていると、彼がふいに言った。

「レーナ、今日は休みだ」

「是非。ゆっくり過ごしてください！　私は歴史とダンスの授業がありますからご一緒できませんけれど……」

休憩時間を一緒に過ごすことはできるだろうか。

だがせっかくの休日だ。ここはまとわりつかずにいた方がヴァルタルもゆっくり過ごせる。

(それでなくともきっと私のせいで、心ない言葉を投げかけられているだろうし……)

茶会に参加すれば、チクチクと針で刺されるような嫌がらせを受けている。ヴァルタルに表立って何かする者はいなくとも、批判的な空気は伝わってくるはずだ。

ヴァルタルが柔らかく微笑んだ。

「君も今日は特別休暇だ。バーリー女史にも言ってある。僕と一緒に一日過ごそう」

驚きに目を瞠る。どこか悪戯が成功した子供のような笑顔で、ヴァルタルは続けた。

「最近茶会やら何やらと出かけているだろう？　令嬢として当然のことだとは思うのだが……これが意外に僕を寂しくさせている。呼べばすぐ答えてくれるところに君がいないのは、僕の精神衛生上、非常によろしくないと気づかされた。だから今日はお互い休日だ。君さえよければ、一日中、僕の傍にいて欲しい」

「も、もちろんです！　ヴァルタルさまのお役に立てるのならば何でもいたします！　今日は私に一日、ヴァルタルさまのお世話をさせてください‼」

「僕の世話はしなくていいんだ。僕は君の主人ではなく、君の求婚者だからな。今日はいい天気だ。庭に出よう」

　優しい笑顔と声音でしっかり牽制されてしまい、レーナは口ごもる。ヴァルタルが続けた。

「日差しは……それほど強くないな。だが一応、日傘を用意するように。あと、手袋とケープも着けなさい。君の肌が日差しで痛んだりしたら困る」

　すでに用意していたのだろう。食堂に入ってきた使用人にそれらを身に着けさせられ、ヴァルタルとともに庭に出る。

　明るい日差し、手入れされた花壇と芝生が、眺めているだけでも気持ちがいい。

　前庭は広く、もし孤児院の子供たちが総出で走り回ってボール遊びをしても、何の問題もない広さだ。院にこれほど広い庭はなかったが、子供たちがボール遊びをしていたことを思い出して心がほわっと温かくなる。その思い出の中には、ヴァルタルもいた。

「いい天気ですね。どうされますか？　本でもお読みになられるのでしたら、今日は芝の上で布を敷いて、ピクニック風にするのも楽しいかと……」

「いや、今日はこれだ」

ヴァルタルがジャケットの内ポケットから取り出して見せたのは、片手で掴めるほどのボールだ。ヴァルタルはそれを庭の端に向かって思いっきり投げた。

数瞬後、わふっ!! と喜びに満ちた犬の鳴き声が耳に届いた。白いもふもふの大きな塊（かたまり）が現れ、ボールに食いつく。

「さあ、こっちだ。来い！」

「わふっ!!」

ヴァルタルの呼び声に忠実に応え、白い犬が脇目も振らずに走り寄ってくる。ヴァルタルの前でぴたりと止まり、彼が手を差し出すと掌にボールを乗せた。利口な犬だ。

ヴァルタルはボールを受け取り、犬の首と頭を撫でた。犬は嬉しそうに彼の腹に頭を擦りつける。

「知り合いから一日、借り受けた。とても賢く優しい子らしい。レーナも遊んでやってくれないか」

「……で、でもドレスが汚れてしまいますし、令嬢らしからぬことですし……」

本当は遊びたい。こんなに大きな犬を間近にするのは初めてだ。もふもふしたいし、一緒に駆けずり回りたい。抱きついたらきっと温かくて気持ちいいだろう。

だが令嬢ならば、そんなことはしない。レーナは気持ちを抑え込む。

ヴァルタルが優しく笑った。

「レーナ、今日は休みだと言っただろう。令嬢としての君も、今日は休みだ」

レーナは顔を上げる。ヴァルタルがちゅっ、と額にくちづけた。

「僕のよく知る、僕だけの愛しいレーナに戻ってくれ」

くちづけが魔法を解く合図のように、心が軽くなる。今日一日は、昔の自分に戻っていい。ヴァルタルのあとを追いかけて、甘えて、抱きしめてもらえる。愛している、と優しく囁いてもらえる。身分も、立場も、未来も――今日は考えなくていい。

(今日は、そういうのもお休み)

犬は次の命令を待ち、行儀よく座ってこちらを見上げている。渡されたボールを受け取り、レーナは笑ってそれを放り投げた。


犬と戯(たわむ)れ、走り回る。じゃれ合えば犬に押し倒され、顔を容赦なく舐められた。それも楽しい。

芝の上に転がって土に汚れても、ヴァルタルも控えている使用人たちもただ微笑ましげに見守ってくれる。それどころかヴァルタルも一緒になって犬と戯れてくれた。

午前中は犬と遊んで、ずいぶんと疲れた。だが心地よい疲れだ。ドレスを汚してしまったまま、ヴァルタルと一緒にピクニック風に芝の上に布を敷いて、昼食にする。

手掴みで食べられるサンドイッチをメインとした昼食だ。ここでは食事のマナーも関係ない。食べたいものを食べ、美味しいと言い、笑う。

デザート代わりの果物も食べて、満腹になる。ぽかぽかと温かい日差しを全身に受けていると、次にはどうにも眠くなってきた。

犬はレーナの傍で丸くなり、眠っている。その頭を撫でていると、レーナも眠くなってきた。するとヴァルタルが、ごろん、とレーナの隣で横になった。

「昼寝をしよう」

警護の者は離れた位置にいるから大丈夫だろう。レーナは頷いてヴァルタルの隣に横たわる。優しくヴァルタルの腕の中に引き寄せられ、犬もレーナの背中にぴったりと寄り添ってきた。ヴァルタルの手が、頭を撫でてくれる。規則正しい動きが、レーナを眠りに誘った。

(ああ、幸せ……)

眠っていたのは数十分程度の短い時間だったが、優しく揺さぶり起こされて目を開けると、ヴァルタルが微笑んで見下ろしていた。寝顔を見られて気恥ずかしくなり、顔を赤くする。

「さて、これからは屋敷の中でゆっくりしようか」

土や芝で汚れた服を着替えると図書室に誘われ、静かなそこで時折本を読み、時折懐かしい思い出話をしながら過ごす。そのあとは夕食を一緒にとる。

本当に今日は一日中、ヴァルタルを独り占めさせてもらった。おかげで、モヤモヤしていた気持ちがすっきりした。

今、自分が与えられている仕事——ヴァルタルの婚約者役を、精一杯務める。そして彼の気持ちが正しい方向に向くように説得し続ける。それだけ考えればいい。

（羨望も嫉妬も、私には必要ないものよ。ヴァルタルさまがご自分に相応しいご令嬢を迎えて、いつかその方との間にお子さまが生まれて……ヴァルタルさまが天の国に行くまで、お傍でお仕えできればいいの）

それ以外の願いは、必要ない。

寝支度を終えると、明日の予習をしておこうと机に向かう。椅子に座ろうとしたところで扉がノックされた。

やってきたのはヴァルタルだ。彼もまた寝支度を終えていて、白い寝間着の上下にガウンを羽織っただけの格好だ。胸元のボタンが二つほど外れていて、露になっている喉元にドキリとする。

だがそれよりも、こんな軽装で風邪をひいてしまわないか心配だ。せっかく湯で温まったのに。

「そんな格好では湯冷めしてしまいます。何か羽織るものを……」

「君の上着を貸してもらっても、袖は通らないな。中に入ってもいいか？」

「どうぞ。私はどこか別の部屋で休ませていただきま……ヴァ、ヴァルタルさま⁉」

ヴァルタルはレーナの肩を抱くと、寝室に促した。

「今夜は一緒に寝よう」

「……え……っ⁉」

当然のように言われ、驚きのあまり咄嗟に返事ができない。途中で机に広げられた教材をみとめると、ヴァルタルは小さく苦笑した。

「今日は休みだと言っただろう。予習はなしだ。さあ、寝よう」

「あ、あの、でも……!!」

(寝、寝るってどういう意味ですか⁉　言葉通りと思ってよろしいのですか⁉　それとも……べ、別の意味があるのですか⁉)

ヴァルタルはレーナのガウンを脱がせるとベッドに追い立てる。そして隣に潜り込むと、抱き枕よろしくレーナを抱きしめてきた。

「……ああ、温かいな……」

髪に頬ずりをされて、身が強張る。暖を取るのならばもっと違う方法を、と提案しようと顔を上げると、ヴァルタルの唇に唇が触れてしまった。

レーナは真っ赤になる。ヴァルタルも驚いたのか、軽く目を瞠った。

「ご、ごめんなさい……っ」

「どうして謝るんだ。君なら僕のどこに触れても構わない」

優しく微笑んでずいっと端整な顔を近づけて言われても、困ってしまう。ヴァルタルはレーナの右手を取り、自分の頬や喉、鎖骨や胸を触らせた。

「こ、こういうことは、こ、恋人とか夫婦がすること、ですから……!!」

「ならば僕と夫婦になろう」

引き寄せた掌にちゅ……っ、とくちづけて、ヴァルタルが言う。どこか請うような仕草に、レーナは息を詰めた。

「……すまない。再会してからずっと、僕は君を困らせてばかりだな……」

ひどく申し訳なさげな顔をされて、レーナは慌てて首を左右に振る。こんなふうに言われたのは、再会してから初めてだ。

「ヴァルタルさまのせいではありません。すべて私が……何も持っていないただの娘だからいけないのです。ですからどうか、誰もが納得されるお方を迎えてください。私はヴァルタルさまのお世話をさせていただければ充分です」

ヴァルタルは真剣な顔で話を聞いてくれる。やがて、伏し目がちに、ふ……っ、と笑った。

「君に、身分がないからか」

つきり、と胸に痛みが走る。

どれだけ望んでも得られないものだ。それを得る方法があったとしても、すぐには無理だろう。長い時間、ヴァルタルを待たせるわけにはいかない。

「そう、です」

「そうか」

ヴァルタルが指先でレーナの頬を撫でる。優しく、甘い動きだ。

「私は、ヴァルタルさまのお傍にいます。でも、ヴァルタルさまの奥さまにはなれません」

ヴァルタルはそれ以上何も言わず、ただレーナを抱きしめて目を閉じた。

「おやすみ、僕の愛しいレーナ」

身分が違えば住む世界も違う。自分の生きていく世界とヴァルタルの生きていく世界が交わることは――絶対にないのだ。

しばらくすると細い寝息が聞こえ始め、ヴァルタルは目を開いた。レーナはどこか憂えた表情で眠っている。

（こんな顔をさせてしまっているのは、僕のせいか……）

謝罪の意味を込めて、柔らかな頬を指先で撫でる。レーナは一瞬むずかるように顔を顰めたものの、すぐにあどけない笑顔を浮かべてヴァルタルに身を擦り寄せてきた。幼い頃から変わらない仕草だ。ヴァルタルの心も、ほわりと温かくなる。

起こさないように気をつけて、背中や髪を撫でてやる。レーナは眠っていても嬉しそうで、口元が綻んでいた。

「君の憂いを消す方法を用意する手はずが、もうすぐ整う」

眠っているレーナは応えない。ヴァルタルは笑みを深める。

彼女が一番気にしているのは、身分差だ。自分に釣り合うものがあれば、彼女の憂いは消える。

ならばこのために用意していた計画を、実行するべきだ。準備はもうすぐ整う。これ以上レーナの心痛を増大させないため、早く実行した方がいい。すぐにでもミカルと打ち合わせ、相手方にも話を通そう。

　すると、扉越しに人の気配を感じた。ヴァルタルは静かに上体を起こす。離れたことでレーナの眠りを妨げないよう、頬や髪を優しく撫で続けた。

「ヴァルタルさま、少しよろしいでしょうか」

　ミカルの声だ。レーナを起こさないよう、小さな声だった。

　ベッドから降りようとすると、レーナの手がヴァルタルの寝間着の袖を掴んできた。起こしてしまったかと慌てるが、彼女は眠ったままだ。どうやら無意識の仕草らしい。

　ヴァルタルはその場に留まって答える。

「構わない。レーナを起こさないようにしてくれ」

　ミカルがそっと扉を開き、傍に近づいた。物音を一切させない。

　隠密行動はミカルの得意分野だ。だからこそ大きな声では頼めない仕事も、彼には頼める。

　ミカルはヴァルタルの傍で跪いた。

「ローセンブラード伯爵家で、妙な動きがあります。イクセルさまが、レーナさまの身辺調査を始めました」

「レーナを貶めるための材料を探すつもりか。どうしてもヴィクトリアを僕の妻にしたいようだな」

　浅ましい、とヴァルタルは吐き捨てる。ミカルはしかし神妙な顔で、首を横に振った。

「いえ、そうではないようです。レーナさまと、前ローセンブラード伯爵さまとの関係を調べるようにと……」

ヴァルタルは眉を寄せた。

どういうことだ。レーナがローセンブラード伯爵家とかかわりがあるというのか。

レーナを保護したとき、彼女の身辺調査はしていない。普通の、という言い方はおかしいかもしれないが、特に問題がある捨て子ではなかったからだ。

自分が知らないレーナの何かをイクセルは知っている――あるいは気づいた、ということなのか。

「伯爵より先に、彼が突き止めようとしている情報を手に入れろ」

「畏まりました」

余計なことは口にせず、ミカルは頷く。そしてやはり物音を一切立てずに退室した。

ヴァルタルは再びレーナの隣に横たわり、華奢な身体を抱きしめる。ローセンブラード伯爵親子が何をしてきたとしても、手放すつもりはなかった。

【第六章】

「本当によかったですわ、お風邪を召されることもなくて。私、ずっと心配していたのですよ」

好意的な微笑を浮かべながらヴィクトリアが話しかけてくる。レーナも笑顔を返したが、内心では冷や汗をかいていた。

招待された茶会に参加したところ、ヴィクトリアもいた。いつもは大抵軽い挨拶（あいさつ）をするだけなのに、今日の彼女は取り巻きたちを置いて、わざわざレーナのテーブルまで来た。

しかも目の前に座って先日のずぶ濡れになったことの体調を気遣い、心から安堵（あんど）している。

（……そう見える、けれど……）

ヴァルタルの忠告を忘れることはできない。レーナは余計なことは口にしないよう気をつける。

必然的に、天気のことや最近の流行は何だなどのつまらない会話が続くのだが、ヴィクトリアは楽しそうだ。当たり障りのない会話ばかりで、退屈しないのだろうか。

「レーナさま、こちらのお菓子、とても美味しいですわ。ぜひ、食べてごらんになって」

レーナの隣をヴィクトリアはずっと占領している。反対側には、ティルダが陣取っている。

レーナと普通に仲良くなりたいと思っている令嬢たちは、一切近づけない状態だ。

（こ、これでいいのかしら……⁉　それにしてもヴィクトリアさまったら、いったい急にどうされたの……⁉）

あのずぶ濡れになった出来事のあと、ヴィクトリアからは見舞いの品がいくつも届いた。新しいドレスや身体を温める効果のあるお茶や薬、気遣いの手紙などが届いた。

そして茶会や夜会で顔を合わせると、これまで以上に気さくに話しかけてくる。ヴァルタルがいても、気にしない。気づけばあっという間に二人は友人だと周囲に認識されてしまった。

そしてそれを、ヴァルタルも快く思っていると。

（き、貴族の方々の噂って、恐ろしいわ……）

誰が言い出したかもわからない噂が一人歩きして、それが真実だと周囲が思う――とても恐ろしい世界だ。黒が白になり、偽りが真になる。

ヴァルタルはヴィクトリアがレーナにまとわりついてくることを、非常に不愉快に思っているようだった。この噂により、周囲のヴィクトリアへの好感度が上がっているからだろう。

どこの家の生まれかもわからない娘をヴィクトリアは気遣い、世話をしている。ヴァルタルが望むならば潔く身を引き、それどころかレーナを彼に相応（ふさわ）しい令嬢に育てるよう協力しているのだ、とまで噂されていた。

（そんなこと‼　まったくないのだけれども‼）

必要以上に近づかないようにしているのに、どうしてそんなふうに思われるのか謎だ。

ヴィクトリアが傍にいると他の令嬢たちは遠巻きにしてくれるため、そういった意味ではわずらわしくなくていい。だが妙にべたべたしてくる彼女への対応には困ってしまう。

とりあえず勧められた菓子を口にする。確かに美味しい。レーナは軽く目を瞠る。

ヴィクトリアが微笑んだ。

「私が贔屓にしている店のものですの。よろしければ今度、一緒に店に行きませんか。店内には飲食できる場所もあって、そこで時折、新作菓子のお披露目会をしていますの。定期的に開催されていますし……今度は丁度来週です。よろしければ一緒に行きませんこと？」

息継ぎをどこでしているのかわからないほど、怒涛のごとき誘いだ。勢いに押され、レーナは何も言えない。

こほん、とティルダが軽く咳払いした。

「申し訳ございません。残念ながらその日は」

「――僕と観劇の約束をしている」

突然ヴァルタルの声が割り込んできて、レーナは大きく目を瞠った。いつの間にそこにいたのか、レーナの背後にヴァルタルが立っている。

「ヴァルタルさま⁉」

思わず呼びかけると、他の令嬢たちも驚いて注目してくる。誰にも気づかれずに傍に来たヴァルタルは、レーナの顔を覗き込んで蕩けるほど甘い微笑を浮かべた。

「楽しんでいるようだな、レーナ」

そして当然のように頬に――限りなく唇に近い位置にくちづけてきた。人によっては唇を重ねているように見えたのだろう。令嬢たちは声にならない悲鳴を上げたり、恥ずかしげに目を逸らしたりしている。

ヴィクトリアが優雅に立ち上がり、礼をした。

「驚きましたわ。どうしてヴァルタルさまがこちらに？」

「仕事が思った以上に早く片付いた。君がこちらに招待されていると聞いていたから、どうせならば一緒に帰ろうと立ち寄ったんだが」

「そうでしたか。ですがレーナさまをお連れになるのはお待ちくださいませ。女同士のおしゃべりの最中でしたの。私、もう少しレーナさまとお話ししたいのですわ」

（いえ！　私は別にお話しすることはありませんが!!）

レーナは頬がひきつりそうになるのを堪え、社交的な笑みを崩さないようにする。どう断るべきか。

ヴァルタルが完璧な笑みを浮かべて言った。

「僕も、愛しいレーナとはたくさん話をしたい。その邪魔をするとは、無粋だと思うが」

「……とても仲がよろしいのですね」

目を伏せて言うヴィクトリアの美しい顔は、哀しみに耐えているように見える。令嬢たちが同情の目を向けた。

このままではヴァルタルが悪者になってしまうのではないか。レーナは慌てて新たな話題を作ろうとした。

「ヴィクトリアさま、先ほどのお菓子の新作発表会、是非ご一緒させてくださ……」

――直後、庭の外で女の悲鳴が上がった。すぐさまヴァルタルがレーナの身体を抱き寄せ、ティルダが前に出る。

ヴィクトリアたちも何事かと驚き、悲鳴が上がった方を見やった。悲鳴は、次々と増えていく。

「レーナ、僕から離れるな」

レーナは小さく頷き、ヴァルタルにぴったりと身を寄せた。何が起こっているのかはわからないが、彼の盾くらいにはなれるかもしれない。

ヴァルタルがジャケットの内ポケットに手を差し入れ、隠しナイフを取り出した。ティルダもドレスのスカートをたくし上げ、太股に革ベルトで留めていた隠し短剣を取り出した。

常にそんなものを持っているのかと驚いた直後、使用人が数名、こちらに飛び込んできた。

「お嬢さま方、お逃げください!! 野犬が……!!」

痩せた黒い大型犬が数匹、一心不乱に庭の中に走り込んできた。令嬢たちの悲鳴が上がる。恰幅のいい男性でも押し倒されるほどだ。使用人たちが何とか押しとどめるが、その包囲網を飛び越えてくる犬もいた。

令嬢たちが青ざめて身を強張らせる。犬たちはひどい興奮状態で、命令を聞くとはとても思えない。

（正気じゃない……⁉）

血走った目と開けっ放しになった口、長く垂れたままの舌などが、犬が異常な状態であることを教えてくる。

「レーナ、下がっていろ。ティルダはレーナを守れ」

ヴァルタルが手にしたナイフを、こちらに向かってくる犬の首筋に投げつけた。ぎゃんっ‼と苦痛の鳴き声を上げて、犬が横転する。

殺意を感じ取り、別の犬がヴァルタルに向かった。だが彼は慌てることなく飛び掛かってきた犬の腹部に強烈な膝蹴りを与えて宙に浮かせたあと、落下するのに合わせて回し蹴りをし、蹴り飛ばす。

（凄い……‼）

ティルダはレーナを背中に庇（かば）ったまま、犬の動きに注視している。二人のおかげでこの騒動もきっとすぐにおさまると、安心感が湧き上がってきた。

少し心に余裕ができたからだろうか。レーナは今更のように隣に立つヴィクトリアに目を向けた。

こんな混乱を前にして、さすがに身を竦（すく）ませているだろう。皆に指示する声も上がっていない。

「ヴィクトリアさま、大丈夫です、か……」

声をかけながら隣のヴィクトリアを見やって、レーナは小さな違和感を覚えた。

ヴィクトリアは揺らぎのない立ち姿で、状況を見つめている。その瞳に恐れはない。

（まるで、起こることがわかっていたかのように）

直後、ヴィクトリアがレーナを見返した。彼女は心配げに眉を寄せ、レーナに身を寄せる。

「大丈夫ですか、レーナさま！　ご安心ください、私もレーナさまをお守りします」

そして、ぎゅっ、と両手を握って励ましてくれる。先ほどのヴィクトリアの異様な雰囲気は、気のせいだったのか。

「……まあ、レーナさま、手に傷が！」

「え……っ？」

痛みはまったくない。いったいどこで怪我をしたのかと傷の確認をするより早く、ヴィクトリアがドレスの隠しポケットから取り出したレースのハンカチで左手を軽く縛ってくれる。

「あとで手当てしましょう」

「あ、ありがとうございます」

ハンカチからはかすかに甘い香りがした。何か香水でも含ませているのだろうか。こういうところにも気を抜かないのが、完璧な令嬢の嗜みなのだろうか。

最後の一匹をヴァルタルが仕留める。ティルダがこのときばかりはホッと安堵の息を吐いた。

ヴァルタルの無事を確認したくて、レーナは彼に駆け寄った。

「ヴァルタルさま！　大丈夫ですか⁉」

「僕は大丈夫だ。君の方は……なんだこれは」

左手に巻かれたハンカチに気づき、ヴァルタルが厳しい顔になる。

「ヴィクトリアさまが手当てしてくださって……どこかで切ってしまったようで」

「きちんと治療しよう。些細な傷でも甘く見ないでくれ」

ヴァルタルがレーナを抱き寄せる。そしてティルダとヴィクトリアに事態の収拾を命じようとする。

地面に倒れていた犬たちが、ひくひくと鼻を動かした。何かの匂いに反応しているようだった。

ヴァルタルが訝し気に眉を寄せた。直後、それまで倒れていた犬たちがカッと目を見開き、身を起こす。

驚く間もない。犬たちはレーナとヴァルタルに向かって突進してきた。

「……っ!!」

予想外のことに驚いて身を強張らせたレーナを、ヴァルタルが咄嗟に突き飛ばす。よろけて座り込んだレーナは、飛び掛かってきた犬たちがヴァルタルを襲うのを見て、悲鳴を上げた。

「ヴァルタルさま!!」

さすがにすべての狂犬を同時に相手にするのは難しいはずだ。だがヴァルタルは顔色一つ変えず、ティルダの名を叫ぶ。

意図を悟ったティルダが、手にしていた短剣をヴァルタルに投げた。ナイフと短剣をそれぞれ逆手に握り、狂犬たちの頸動脈を深く切りつける。

血の惨劇と犬の悲鳴が交差し、新たな混乱が庭に生まれる。レーナは急いで立ち上がり、ヴィクトリアとティルダとともに退避しようとした。ここにいては、ヴァルタルの足手まといになってしまう。

「ティルダ、ヴィクトリアさまをお願い!! 私は一人で大丈夫!! 皆、建物の中に!!」

身軽さのことを考えれば、平民出身の自分の方が動ける。はしたないなどともう言っていられない。とにかく屋敷の中に逃げ込もう。

スカートをたくし上げようとしたとき、ヴァルタルの頭上を飛び越えた狂犬が、レーナに突進してきた。まだヴァルタルに制裁されていなかった二匹の猟犬も、あとを追って向かってくる。

(どういうこと⁉ 最初から私を狙っている……⁉)

普通は、攻撃してくる者に反撃するのではないか。

何か武器になるものを、と周囲を見回すが、整えられた庭には棒切れ一つ、落ちていない。

「――レーナ!!」

ヴァルタルの悲鳴のような呼び声と同時に、目の前が暗くなった。ヴァルタルがレーナを力任せに抱きしめたのだ。

三匹の狂犬が、ヴァルタルの肩や腕に噛みつく。濃い血の匂いが鼻をつき、レーナは悲鳴を上げた。

「やめて!! やめてやめて!! ヴァルタルさま、離して!!」

だがヴァルタルは離さない。せめて狂犬たちを追い払えればと、レーナは腕を振り回す。

そのせいで左手に巻かれていたハンカチが解け、落ちた。白いハンカチに気が逸れたのか、狂犬たちが一斉にそちらに向かった。

その隙を逃さず、ヴァルタルが短剣で狂犬たちの首を切りつけた。白いハンカチが、犬の血で赤く染まる。

「ヴァルタルさま!!」

ヴィクトリアが駆け寄ってくる。ヴァルタルの右肩から赤い血が溢れ、服を赤く汚していく。

ヴィクトリアは息を呑み、身を強張らせた。

「……手、手当てを……」

「応急処置します!」

レーナはドレスのスカートを力任せに裂いて、包帯代わりの布を作る。そして傷口をきつく縛りつけた。

止血を意識しすぎて渾身の力で縛ると、さすがに痛みを覚えたヴァルタルが、ほんのわずか、顔を顰めた。

「ごめんなさい、ヴァルタルさま! でも、血を止めないと……そうしないと、ヴァルタルさまが……!!」

脳裏に、ヴァルタルが事故で死んだと伝えられたときのことが蘇る。

空の棺、淡々と説明される状況、ヘルマン院長の苦渋の顔、子供たちの悲しげな顔、棺に被せられていく土――当時の悲しい思い出が次々と脳裏に浮かび、レーナは身を震(ふる)わせた。

あれは偽りの死だった。今、ヴァルタルは傍にいてくれる。生きて動いて、話して笑って抱きしめてくれる。

(でも、生きているからこそ――今度は、本当に……)

あのときは偽りだった。けれど次に同じ知らせを受けるときは、本当だ。

生きているからこそ、必ず死が待っている。

「レーナ」

ヴァルタルが優しく名を呼ぶ。震えながら真っ青になって見返せば、彼が優しく抱きしめて頭頂にくちづけてくれた。

「怯(おび)えなくていい。僕はここにいる。君が駄目だと何度言っても、君を離さないから安心してくれ。僕はもう二度と君を悲しませることはしない。僕が死ぬのは、君が死ぬときだ。そう決めている」

そんな決意は、必ず遂げられるものではないとわかっている。病や不運な事故など、人にはどうにもできないことが多くあるのだ。

だが、そう言ってくれたことが何よりも嬉しかった。

「……はい」

頷くと、ぽんぽん、と背中を軽く叩かれてあやされた。レーナはヴァルタルの胸に頬を擦りつけた。

「私も死ぬときは、ヴァルタルさまと一緒がいいです」

ヴァルタルが嬉しそうに微笑む。その笑顔をみとめると、震えが止まった。

小さく息を吐いて、気を取り直す。今の会話を驚いたように聞いていたヴィクトリアに、レーナは言った。

「ヴィクトリアさま、ヴァルタルさまのお怪我が心配なので、このままお屋敷に帰ります」

「……え、ええ……あとのことは私にお任せください……」

「よろしくお願いします。ティルダさん、ヴィクトリアさまのお手伝いをお願いします」

ティルダが頷く。レーナはヴァルタルの身体を支え、馬車へと向かった。


応急処置が功を奏し、屋敷に辿り着いたときにはヴァルタルの傷の血は止まっていた。

ミカルがすぐに主治医を呼ぶ。獣の牙による傷なので消毒は念入りにされ、感染予防用の薬も処方された。

他に怪我はないかと主治医とともに確認したが、ヴァルタルは自分のことよりもレーナの左手の傷を心配した。彼が治療を終えたら必ず手当てするからと言い聞かせ、言葉通りにすると――主治医は眉を寄せた。

傷は、どこにもなかったのだ。

ヴァルタルが安堵の息を吐く。だが直後に何か気になったのか、控えていたミカルを傍に呼び寄せ、何か耳打ちした。

その間にレーナは主治医を部屋から送り出す。話が終わったミカルが神妙な顔で頷き、退室した。

レーナは枕元の椅子に腰掛け、少しだけヴァルタルを睨んだ。

「ヴァルタルさま、こんなときくらい仕事のことは忘れてください。しばらくは絶対安静です。ベッドから出るのもいけません！」

このくらい強く言わないと、明日には普通に仕事をしていそうだ。ヴァルタルは嬉しそうに笑って頷いた。

「ならば君が監視していてくれ。君が僕の傍にいることが何よりの薬だ」

「か、監視は使用人に頼んでおきます。私は……授業もありますし……」

「座学のときはここですればいい。僕のためになるとわかっているのならば、バーリー女史も文句は言わない」

外堀をあっという間に埋められて、レーナは仕方なく頷く。ヴァルタルがさらに嬉しそうに笑い、レーナの手を指を絡めるようにして握りしめた。

温もりが伝わってきて、嬉しい。生きていてくれるのだと、ホッとする。

（ああ私……ヴァルタルさまが大好き。喪いたくない）

気持ちが溢れ、知らず、その大きな手を握り返している。まさかそんな反応をされると思わなかったのか、ヴァルタルが軽く驚きに目を瞠った。

慌てて手を離そうとするが、もう遅い。さらに指に力が込められる。

「しばらく、こうしていてくれ。君の温もりが心地いい」

同じ気持ちになってくれたことが嬉しい。レーナは思わず頬を淡く染めたが、わざと仕方なさそうに頷いた。


動けないほどの傷ではないが、ヴァルタルはレーナの要望に応え、それから三日間、休暇を取った。ベッドから出ないようレーナが監視している分、寝室で一緒に過ごす時間が増える。

事情を知ったバーリー女史は授業を休みにし、ヴァルタルの世話をした方がいいと言ってくれた。

ヴァルタルの食事や着替えの世話、退屈しないように本を持ってきたりどうしても後回しにはできない仕事関係の書類を運んだり、手紙を出すための文具を揃えたりと、ミカルとともに雑務をこなす。それはレーナの心をとても充実させた。

(ヴァルタルさまのお世話、とっても楽しい……!!)

元々、働くことが好きだ。ヴァルタルのために何かできていることも嬉しい。次に彼がどうしたら快適に過ごせるのかを考えるのも、楽しかった。

三日も経つと血は完全に止まり、短時間ならば入浴しても大丈夫と言ってもらえるまで回復した。

四日目の朝、朝食を運ぶとヴァルタルがベッドに座って微苦笑しながら言った。

「そろそろベッドから出てもいいか？」

レーナは渋々頷く。

「私としてはまだ養生していただきたいのですけれど……」

「さすがにこれ以上は仕事が滞る（とどこお）な」

そう言われてしまったら、頷くしかない。

「ですが決して無理はなさらないでください。それに何か不調を感じたら、必ずミカルさまに仰って（おっしゃ）ください。私でも構いません。すぐに主治医を呼びますから」

「君は本当に心配性だ。もう動いても何の痛みもない」

見せつけるように腕を回され、レーナは慌てて止める。治ったと思って無茶をし、余計に悪くなる典型的なやり方だ。

「無茶は駄目だとお願いしたばかりなのに……!!」

止めるために近づくと、ぎゅっと抱きしめられる。不意打ちの攻撃に反応が遅れ、逃げることもできずヴァルタルが満足するまで腕の中にいるしかない。

「ヴァルタルさま、離してください！」

「ほら、君が暴れてもこうして逃げ出せないくらいに回復している」

「こんな方法で確認しなくてもいいのです……!!」

そんなやり取りをしていると、ミカルがやってきた。

「ヴァルタルさま、ヴィクトリアさまからのお手紙が……失礼いたしました。出直します」

「待って……待ってください、ミカルさま!! これ以上は何もしませんから……!!」

「僕はしてもいい。レーナが許してくれるならばいつでもどこでも構わない」

「駄目です!!」

ジタバタともがくと、ヴァルタルは仕方なさげに嘆息しつつ、離してくれた。ミカルは温かみのある微笑を零す。

「ヴァルタルさまがとても楽しげで、私もとても嬉しいです」

「ああ、レーナのおかげだ。レーナ、そろそろ着替える」

(そういうことではないと思うのだけれど……!!)

レーナは頷き、クローゼットルームから今日の着替えを持ってくる。昨夜、ヴァルタルが眠る前にコーディネートして、用意しておいたものだ。

着替えながら、ヴァルタルはミカルからの報告を聞く。

「ローセンブラード伯爵親子の目的がわかりました。やはり彼らはレーナさまを邪魔に思っているようですね。先日の狂犬騒ぎも、仕組んだのはヴィクトリアさまと思われます」

レーナは驚き、ヴァルタルのシャツのボタンを留める手を止めてしまった。ヴァルタルが引き継ぎ、袖のボタンを留めながら頷く。

「やはりそうか。原因はあのハンカチか?」

「人の鼻ではなかなか嗅ぎ分けられない匂いが、あのハンカチには含まれていました。調べたところ、動物の理性を失わせ、その匂いを求めずにはいられなくさせるものだそうです。動物用の麻薬のようなものですね」

「……どういうことですか……？」

「話を聞いたら君はもう僕の妻になることを拒めなくなるが、それでもいいか？」

「……え……？」

新たな驚きで目を丸くすると、ヴァルタルは小さく笑ってミカルに説明させた。ミカルの説明を聞きながらレーナをソファに促し、隣り合って座る。

「まず、現ローセンブラード伯爵は先代の第一子ではありません。イクセルさまには兄君がいらっしゃいましたが、十八年前、不慮の事故により奥方さまとともに亡くなられ、イクセルさまが跡を継がれました」

事故で亡くなられた前ローセンブラード伯爵には同情するが、別に不審なものは感じない。そんな話はどこにでも転がっている。

「当時、イクセルが兄の死に何か関与しているのではないかと囁(ささや)かれた」

レーナは小さく息を呑む。イクセルが事故に見せかけ、兄夫妻を殺したと疑われていたのか。

「どうしてそんなこと……」

「理由はいくつか思いつく。まずは財産、そして権力。ローセンブラード伯爵家は伯爵家の中でも古い歴史を持つ家格の高い家だ。歴史が古ければ古いほど、当主は代を重ねるごとに無能になっていく場合が多い。生まれたときから傅(かしず)かれ、財産もあり、自分を取り巻く小さな世界はほぼ自由になる。そういうところが、心と頭を駄目にするんだろう」

ヴァルタルの物言いは辛辣だ。だがその通りかもしれないと、頷けてしまう。

孤児を虐げる者も、大抵そんな感じだった。

「僕も貴族社会で王弟として過ごしていると、驚くほどその手の存在に出会う。華やかで贅沢な世界に憧れる者もいるが……僕としては、好き好んでこんな世界に踏み込みたいとは思わない」

ヴァルタルはそれまでの人生を好き勝手に弄られた被害者だ。理不尽さに対する憎しみは、完全に癒されることはないのだろう。

「前ローセンブラード伯爵夫人は、子を宿していたそうだ。事故当時、彼女は産み月で、実家に帰るところだったらしい。前ローセンブラード伯爵は、夫人の馬車に同乗していた」

「お腹の赤ちゃんは……？」

「記録では、事故の衝撃で産気づき運ばれた病院で生まれたものの、翌日には息を引き取ったとなっていたな」

かわいそうに、とレーナは亡くなった子供に思いを馳せる。自然と胸の前で両手を組み合わせ、祈りを捧げた。

その様子を見たヴァルタルが、優しく微笑んで続ける。

「その子供が生きていたとしたら？」

そんなことがあり得るのだろうか。一度死んだ子供が再び息を吹き返したのか。

「それはとても喜ばしい奇跡だと思います……!! 赤ちゃん一人が残されたのはとても悲しいことですけれど……でもご両親はきっと、我が子が元気に生きて天寿を全(まっと)うすることを願っていると思います」

「――その子供が君だ、レーナ」

「……え……?」

レーナは瞳を瞬かせた。何を言っているのか、わからない。

ヴァルタルが優しく微笑んで続けた。

「先代ローセンブラード伯爵の子が、君なんだ。君は正当なる現ローセンブラード伯爵だ」

「何を、仰って……」

(私が……ローセンブラード伯爵令嬢……?)

自分はただの孤児だ。ヴァルタルに拾われて、彼とヘルマンたちに育てられた普通の平民の娘だ。伯爵令嬢などではない。

今度はミカルが言う。

「レーナさまが噴水に落ちた事件から、ヴィクトリアさまが妙に馴れ馴れしくなられました。その頃からローセンブラード伯爵が人を雇い、レーナさまの身辺調査を始めたのです」

そんな気配はまったく感じなかった。ヴィクトリアとは単なる世間話しかしていなかったのに。

「ヴィクトリアさまは直接レーナさまから何か情報を得ようと接触してきたと思われます。ですがレーナさまはヴァルタルさまの教えを守り、必要以上にヴィクトリアさまに近づこうとはなさらなかった。そのせいで、ヴィクトリアさまはなかなか欲しい情報を得られなかったのです」

「欲しい情報って……？」

「君が、前ローセンブラード伯爵の子だという確信だ。金を積んで人を雇い、極秘にレーナの身辺調査をしたところで、僕の包囲網を破ることなどできやしない。僕の大事なレーナの情報だ。僕の一番大切な財産だ。渡すことなどしない」

「ヴァルタルさまの妨害により、雇い人は今、貴族社会で得ることができる程度の情報しか掴めていません」

ミカルが安心させるようにレーナに微笑みかける。

「レーナさまは右のふくらはぎの辺りに、星のかたちをした痣（あざ）がありますね」

レーナは頷く。

いつもはスカートで隠されていて、あまり意識しない場所だ。物心ついたときからそれはあった。

「恐らくそれは、遺伝的なものだと思われます。前ローセンブラード伯爵夫人にもレーナさまと同じ痣が足にありまして、前伯爵が心配なさり、定期的に検診をさせていたそうです。検診のたび、ただの生まれつきの痣で何の心配もないと確認していたようです」

レーナは驚きに絶句し、大きく目を瞠る。息を呑んでヴァルタルを見やると彼は立ち上がり、隣の執務室から小さな額を持ってきて手渡した。

そこに、優しげな微笑を浮かべた女性と、彼女の肩を包み込むように腕を回して並んで立つ男性がいる。

「前ローセンブラード伯爵夫妻だ」

（私の、両親……？）

まじまじと肖像画を見つめる。

よく見ると、顔立ちは母親に、目元は父親に似ているような気がしないでもない。だがまったくの他人という認識しか持てなかった。

「イクセルとヴィクトリアが君のことを調べ始めたことを知り、念のため、前ローセンブラード伯爵夫妻の事故のことを調べ直した。すると、馬車に細工した者たちを見つけた。話を聞くと、まあ……色々と公（おおやけ）にしなければならないことがわかった」

見つけたその男たちは、いわゆる裏で暗躍する稼業の者たちらしい。見合った金額で依頼されれば、どんなことも引き受ける組織だという。

彼らはイクセルから前ローセンブラード伯爵夫妻の殺害を依頼された。そして夫人が産み月となり、実家に戻るための小旅行中に行動した。馬車の車輪に細工し、事故を装った。

前ローセンブラード伯爵は身重の妻を庇い、助け出される前に死亡した。夫人は事故当時は一命をとりとめて病院に運ばれた。産み月だったからかそのまま子を産んだが、夫人の身体はそこで限界を迎え、死亡した。生まれた子供もあとを追うように死んだとされたが――子供を殺してはいないと、彼らは言った。

子供の殺害は料金の中に含まれていない。生まれたばかりの子は適当に処理すればいいと、病院から連れ出したあと路肩に放り投げておいた。その場所が、ヴァルタルがレーナを見つけた場所と合致した。

組織として依頼内容と結果が詳細に記された覚書が保管されていたため、間違いはないという。

「捨てられた場所の合致、生まれつきある遺伝性の痣、夫婦に似た面差し……イクセルが君を見たときに何やら訝しげな顔をしていたのはそのせいだな。とにかく、状況証拠はすべて君が前ローセンブラード伯爵の娘だということを示している。君が伯爵家の正当なる後継者であり、ローセンブラード伯爵令嬢だ」

レーナは戸惑うしかない。急に伯爵令嬢だったのだと言われても、心はすぐには受け入れられない。

「レーナさまを正式にローセンブラード伯爵令嬢であることを認めさせるために、貴族議会に提言いたします。今はそのための資料作りと根回しをしているので、今しばらくお待ちください」

「兄上にも話は通してある。まず、貴族議会で君を受け入れない者はいないだろう。……イクセルは今の立場と財産を、兄を殺して手に入れた。貴族社会では、罪は日の下に晒されなければ罪として認識されない。だが、僕があの男の罪を見つけた。本来ならば君が正統な後継者であるのに、その場所をイクセルとヴィクトリアが奪っている。許すわけにはいかない」

「尋問は続けています。他にも余罪がありそうなので、その辺りもきっちり吐かせておきます」

「任せた。報告は細かくしてくれ」

はい、とミカルは頷き、深く一礼してから退室する。レーナは困惑の表情でヴァルタルを見返し、茫然と呟いた。

「……すみません。何だか状況がよく呑み込めなくて……」

ヴァルタルがレーナの頬を指で撫でて、頷く。

「無理もない。ゆっくり理解してくれればいい。こちらが調べてわかったことは逐一君にも報告しよう」

（……だって、私が本当は伯爵令嬢？　しかも、両親は叔父に殺され……た、なんて……殺、され……？）

ぶわっ、と腹の底に何とも言えない悪寒が生まれた。

直接手を下していなくとも、それは罪だ。誰かの命を誰かが奪う権利はない。それは絶対に許されてはいけないことだ。

突然、顔も知らない人たちを両親だったと言われても、戸惑ってしまう。だが、彼らが不当に命を奪われたことについては、人としての怒りがある。

（殺したのは、当主としての力が欲しかったから？）

それは兄を殺してまで手に入れるほど価値があるものなのだろうか。だとしても、それを理由に人を殺めることは、人として決して許されない。そして知ってしまった以上、見て見ぬふりをしてはいけないはずだ。

「……私が正統なる後継者という話は……正直、実感が湧きません。ですが、ヴィクトリアさまのお父さまがされたことは、決して許されることではないと……思います」

「ああ、そうだ。不当に命を奪う行為は、許されない。イクセルには必ず罪を償わせる」

凛とした声で言ってもらえて、嬉しくなる。ヴァルタルに任せておけば大丈夫だ。

「私にも何かできることがあれば仰ってください」

「危険なことに自ら飛び込むのは駄目だと言っただろう。お仕置きしないとわからないか？」

「き、危険なことはしません。でも、安全ならば何でもお手伝いいたします」

「……そう来るか」

反撃したつもりはないが、ヴァルタルは微苦笑する。そしてレーナの手を握り、口元に引き寄せて指先にくちづけた。

「これで、君が僕の求婚を断る理由はなくなったな」

意味がすぐに理解できず、レーナはきょとんとヴァルタルを見返した。ヴァルタルの笑みが深くなる。

「これで君は、伯爵令嬢になる。しかも、古き歴史を持つローセンブラード伯爵令嬢だ。僕の妻になる者として、家格は申し分ない。君が僕の求婚を断る理由はなくなった」

（そうだわ。私は貴族ではないからと、ヴァルタルさまの求婚をお断りしていて……）

ずいっ、とヴァルタルが顔を近づけて瞳を覗き込んできた。

うっとりするほど柔(やわ)らかく甘い笑みを浮かべているのに、緑の瞳は欲情を宿して底光りしていた。ぞくり、と背筋に甘い震えが走る。

「今一度、君に求婚する。僕の妻になって欲しい。一生……いや、命果てて神のもとに召されても、僕の傍にいてくれないか」

「……で、でも私は、伯爵令嬢ではな……」

「その理由はもう使えない」

レーナは目を伏せた。確かにそうだ。だがあまりにも急展開すぎる状況に、心がついていかない。

「で、でも……令嬢として私はまだまだ未熟ですし……」

「その理由も使えない。バーリー女史はもう君が令嬢として僕の隣に立てるだけの存在になったと言っている。それに君は努力家だ。僕のためならばと何でも頑張ってくれる。だからどうか、僕の妻になって欲しい」

たたみかけるように返され、どう返事をすればいいかわからなくなってしまう。ヴァルタルを見つめたまま硬直していると、彼はまた微苦笑して柔らかく抱きしめてきた。

「わかった。ならば返事は夜まで待とう。僕を受け入れてくれるというのならば、寝室の扉の鍵を開けておいてくれ」

ドキリ、と痛いほど心臓が高鳴る。レーナは息を呑み、睫(まつげ)が触れ合いそうなほど至近距離にある緑の瞳を見返した。

瞳の奥に、見間違えようのない渇望がある。今すぐにでも奪われそうな強引さを抑えてくれているのがわかった。

ああ、と心が震えた。これほどまでに求められて、それを阻むものがなくなって——どうして拒む必要があるのか。あと必要なものがあるとすれば、ヴァルタルの腕の中に飛び込む勇気、それだけだ。

ヴァルタルが、ちゅ……っ、と軽く唇を啄んだ。指先で唇をひと撫でしてから言う。

「今日はもうこのまま部屋にいなさい。そして僕の求婚を受け入れるか受け入れないのか、じっくりと考えるように……夕食も、君の部屋に運ばせる。ベッドに入る前まで僕のことを考えて、結論を出してくれ」


自室にこもり、ヴァルタルの求婚への答えをどうするのか、ずっと考える。せっかく用意してもらった夕食も、あまり食が進まなかった。

結局のところ、最後に行き着く考えは一つだった。

(私が、勇気を持てるか持てないか)

状況はすべてレーナを後押ししている。レーナの心も、ヴァルタルのものになりたいと願っている。ただ、理性の部分が躊躇っている。

本当に彼の求めに応じていいのか、と。それで彼が何か大変な目に遭わないのか、苦労はさせないのか、と。

頭痛がするほど考える。自分の中の理性と欲望を対話させる。それでもやはり最後に残るのは、たった一つの気持ちだけだった。

（私がヴァルタルさまのものになりたいと、願っている）

一番の障害であった身分の問題は、解消された。そのことがすぐには信じられず、戸惑って踏み出せないのは、自分に自信がないからだ。ヴィクトリアの所作に、自分はまだ到底及ばない。

だが、ヴァルタルはレーナのためにバーリー女史をつけてくれた。ティルダは令嬢教育の実践につき合ってくれ、守ってもくれる。ミカルも協力してくれている。屋敷の者たちは皆、レーナがやってきたときから、主の大切な人として接してくれた。

優しい人たちに守られている。彼らはいつも、望みを口にしていいと言える空気を作ってくれている。

それなのに自分はここで、躊躇っているだけなのか。

（今、勇気を出さなければ私は一生後悔する）

入浴の支度が整ったと、使用人が知らせに来た。レーナは彼女に恥じらいながらも言った。

「あ、あのっ、ヴァルタルさまをお迎えするための準備を、したいのですが……！」

彼女は驚いた顔をしたが、すぐに嬉しそうに微笑んで、色々と用意してくれた。

スズランの清楚な香りのする石鹸で身体を洗ったあとは、同じ匂いのする香油を丁寧に肌に塗り込んでくれる。髪も何度も梳(と)かされ、艶々(つやつや)だ。

寝間着は新しいものを着付けられた。細い肩紐と、足首まで裾(すそ)が長く袖のない、ドレスのようなデザインだ。乳房の下の位置にたっぷりとギャザーが寄せられているが、肌の色を透かすほど薄い生地は身体に沿って滑り落ちる。

胸元は三本のリボンが縦に並んで結ばれているだけだ。これを解いたら、布地が左右に開いてしまう。それだけでも恥ずかしいのに、今夜は下着を用意されなかった。

ひどく落ち着かない。レーナはベッドに腰掛けて、身を縮めてしまう。

淡いランプの明かりだけの室内は、これからヴァルタルに抱かれることを意識しているせいか、妙に艶(なま)めかしい雰囲気に思えた。

もちろん扉に鍵はかけていない。そろそろヴァルタルが答えを求めてやってくる頃だろうか。

（……待って！　この場合、私はどんなふうに待っていればいいの⁉　ベッドの中にいるべき？　このままでいいの？）

立ち上がった直後、扉の取っ手がゆっくりと動く音がした。ヴァルタルがやってきたのだと慌て、思わずベッドの中に潜(もぐ)り込んでしまう。さらに掛け布を頭まで被り、丸まった。

足音がゆっくりと近づいてくる。レーナは息を詰め、きつく目を閉じる。

枕元で、足音が止まった。

「……」

しばらく何もない。立ち去る気配もなかった。掛け布は最後の砦のように思え、レーナも動けない。

奇妙な静寂が、寝室に広がる。もしかして部屋から出ていってしまったのだろうかと不安になり、レーナは恐る恐る掛け布から顔を覗かせた。

直後、ヴァルタルが覆い被さってきて、食われるようなくちづけを与えられる。突然のことに驚き、応えることもできない。

「……ん、ん……んっ、んん……っ‼」

反射的に押しのけようとした両手を掴まれ、指を絡めて握りながらシーツに押しつけられる。

ヴァルタルの身体が重しになって、動けない。だがその重みも心地よかった。

触れ合うすべてから、想いが伝わってくる。それが嬉しくて応えたい気持ちが自然と溢れ出した。

口中をかき回すように動くヴァルタルの舌に、レーナはおずおずと舌先で触れた。

ヴァルタルがかすかに息を呑み、熱烈に舌を絡め返してくる。舌の根が痺れるほど吸われ、舐められて、意識が遠のきそうになった。

ようやく唇を離してくれたヴァルタルが、額を押し当てて瞳を覗き込んでくる。悪戯が成功したような笑顔が魅力的で、同時に何だか可愛らしい。

「くちづけだけでそんなに蕩けてもらっては困る。これからたっぷりと君を愛するのに……意識は保っていてくれ」

大きな掌(てのひら)で優しく頬を撫でられ、気持ちがいい。うっとりと目を閉じてしまいそうになり、レーナはハッとして言った。

「……が、頑張り、ます……でも、あの……手加減を、していただけると……」

「それは無理だな。すまない」

あっさり謝罪され、レーナは慌てる。ヴァルタルは珍しくうきうきした表情で続けた。

「ようやく君が、君の意思で僕を求めてくれたんだ。浮かれてる。手加減なんてできるわけがない」

ヴァルタルが掛け布を足元に追いやる。シーツに仰向(あおむ)けに横たわったレーナを見やり、ぴたりと動きを止めた。

じっと穴が空(あ)きそうなほど強い視線で見下ろされ、蕩けた意識が理性を少し取り戻す。

いつもとは違う、誘惑じみた寝間着だ。裾が乱れ、乳房の下から布地が左右に割り開いてしまい、下肢が丸見えになっている。

羞恥が蘇って慌てて膝を閉じようとすると、ヴァルタルが膝を掴んで止めた。

「……穿(は)いていないのか」

「あ、あの、用意してくれたものがこの寝間着で……っ!!」

真っ赤になって言い訳がましく説明する。ヴァルタルがすぐに頬を緩めた。

「君も僕に抱かれることを期待してくれていたということか。これは……うん。とても嬉しいものだな……」

喜んでくれるのは嬉しいが、熱い瞳で見下ろしながら胸元のリボンを解かれるのは恥ずかしくてたまらない。いっそのこと欲望のままに激しく抱いてくれたら、与えられる快楽に呑み込まれて羞恥など抱く暇もないだろうに。

リボンを解く仕草はとてもゆっくりだ。見せつけるかのように解かれる。

しかも二本目は端を口にくわえ、引っ張って解く。指よりももどかしい動きだ。

自分の胸元が徐々に露になっていくのを目の当たりにし、レーナは息を呑む。

三本目も同じように解かれ、胸の膨らみがふるりと露になった。まだ触れられてもいないのに、二つの頂は尖っている。これではヴァルタルの愛撫を待ち望んでいるかのようだ。

（わ、私、何てはしたない……っ）

思わず胸を両手で隠そうとしたが、それより早く膨らみをヴァルタルの大きな掌に包み込まれ、柔らかく揉みしだかれてしまった。指の腹で乳頭を優しく撫で回される。

「可愛い反応だ。僕に触れて欲しいと言ってくれているようで嬉しい」

きゅっ、と乳頭を優しく摘まれて、小さく喘ぐ。軽く仰け反ると、ヴァルタルが胸の膨らみを柔らかく愛撫しながら首筋に舌を這わせ、耳朶を甘噛みした。

熱い吐息とともに与えられる愛撫に、レーナは小さく身を震わせる。蜜壷の奥が疼き始め、気づけば無意識に膝をすり合わせていた。

ヴァルタルが嬉しそうに笑う。はしたないとしか思えないのに、なぜそんなに嬉しそうなのか。

思わず問えば、ヴァルタルは一瞬キョトンと目を丸くし、すぐに喉の奥で笑った。

「君が、僕を求めてくれている証拠だからだ」

「……あ……っ！」

胸の谷間から恥丘に向かって撫で下りた手が、容易く内股に入り込んだ。素早い動きについていけず、慌てて足を閉じたときにはもう、優しく蜜口を弄られている。

「……こんなに濡れてくれて……」

指の腹で蜜を掬い取り、花弁に塗り込めながらヴァルタルが囁く。唇を啄みながら甘く囁かれると、自然と足から力が抜けていった。

ヴァルタルが熱く濡れた舌で乳房を味わい始めた。

大きく口を開けて右乳房を呑み込み、舌で上下左右に頂を嬲る。時折甘噛みもされ、レーナは快感に身を震わせた。

反対の膨らみは空いている手で揉み込まれ、指で乳首を弄られる。それだけでもたまらないのに、蜜口も擦られた。

「……あ……っ、ヴァルタルさま……そんなに、一度にたくさん、は……駄目……っ」

「何が駄目だ？　君の身体は悦んでいる」

胸から唇を離して、不思議そうに問いかけられる。レーナは涙目でヴァルタルを見返した。

「……気持ち……よく、て……おかしくなってしまいます、から……」

レーナの言葉にヴァルタルは軽く目を見開き、そして淫靡に笑った。いつもとは違う獣性を含んだ笑みにドキリとする。

「おかしくさせたい。王家の花の力ではなく、僕の愛撫で……」

「……え、あ、あっ！」

どこか焦らされるような甘く優しい愛撫が、突如、激しいものへと変わった。じゅるり、と唾液の絡む音をさせながら胸を強く吸われ、固く尖った乳首を指で押し潰される。

刺激的な愛撫に驚き、同時に快感も覚えて喘ぐと、蜜口を緩く弄っていた指が花芽を扱くように撫でてきた。

「……あっ、そこ、駄目……っ」

ひどく感じる場所の一つだ。レーナはいやいやと首を左右に振り、ヴァルタルの肩を押しのけようとする。

ヴァルタルが胸から顔を上げた。やめてもらえると安堵の息を吐いた直後、彼の指がつぷり、と蜜壷の中に押し込まれた。

「……あー……っ！」

長く骨ばった指を蜜壷は喜んで受け止め、逃がすまいと締めつける。ヴァルタルが熱い息を吐き、笑った。

「思った以上に熱く濡れている……よかった」

指が蜜壷を解すように動き始める。膣壁を指の腹で丹念に擦り、レーナがビクリと腰を震わせたところをしつこいほどに撫でたり押したりする。

始めこそ羞恥で逃げ腰になったが、快楽を追い上げてくる指の動きにすぐに蕩かされてしまう。

「あ……や、ぁ……そこ、感じ、るから……っ」

「ここだな？」

ひときわ感じてしまう場所を見つけると、ヴァルタルはどこか楽しげな表情で弄ってきた。レーナが震え、快楽を散らそうと眉を寄せる表情をじっと見つめている。

「……可愛いレーナ……もっと気持ちよくさせてあげたい……」

そんな必要はないと言う前に、ヴァルタルが力を失った内股の間に顔を埋めてきた。何をされるのか気づいて手で阻むと、指先をかぷりと甘噛みされる。反射的に手を離すと、すぐさま恥丘に吸いつかれた。

いくら入浴していたとしても、抵抗感はなかなか拭(ぬぐ)えない。

「ヴァルタルさまっ！　き、汚いですから……っ！」

「汚くない」

淡い茂みの部分を軽く啄んでから、ヴァルタルは言う。

「君がどうしても嫌だというのならばやめるが……僕は、したい。君のこの可愛い部分を舐めて、しゃぶって……蜜を味わいたい」

ヴァルタルは返事を待たず花弁を指で優しく開き、尖らせた舌を潜(もぐ)り込ませて花芽を探り当てる。そして見つけ出した小さな粒を丁寧に舐め、剝(む)き出しにした。

敏感な粒を口中に含まれ、ヌルついた舌で嬲るように舐められる。腰が大きく震えるほどの快感が、全身を襲った。

レーナは足を突っ張り、腰を浮かせ、喘いだ。

「あっ、あ、駄目……っ、ヴァルタルさまっ、それ、いや、ぁ……っ！」

哀願の声は聞こえているはずなのに、ヴァルタルは止まらない。花芽を舌で愛撫しながら、引き抜いた指を再び押し入れてくる。

「……ん……っ！」

一瞬ビクリと身体が強張ったが、それもわずかな瞬間だけだ。ぬぷぬぷと出入りする指が感じる部分を擦り、舌の愛撫と相まってたまらなく感じてしまう。

やがて、尿意に似た感覚がやってくる。レーナは慌ててヴァルタルの顔を足の間から離そうと、頭を掴んだ。とんでもない粗相をしてしまいそうだった。

「ヴァルタルさま……！　も、もうそれ、駄目です……っ」

だがヴァルタルは顔を上げないどころか、舌と指の動きをさらに激しく強くする。

じゅぷじゅぷといやらしい水音とともに指が出入りし、レーナを絶頂に追い上げる。舌は花芽に絡みつくように花芽を嬲り続ける。

「あ……あ、いやっ、も、駄目……っ」

髪を掴んでも、ヴァルタルは気にしない。それどころか反撃とばかりにさらに愛撫を強くする。レーナは涙を零し、ついに達した。

「……あー……っ‼」

愛蜜が、これまで以上に溢れてくる。下肢を熱く濡らすそれを、ヴァルタルは何の躊躇いもなく啜った。

レーナは泣きじゃくるようにして、力なく抵抗する。

「……や……そ、んなの……やめ、て……」

何とか腰を引こうとするが、ヴァルタルの両手が掴んで離さない。

たっぷりと味わったあと、唇についた愛蜜を舐め取りながらヴァルタルがようやく顔を上げた。とても満足そうだ。

「潮を吹くほどよくなってくれるとはな……可愛い」

嬉しげに言いながら、再び蜜壷を指で弄られる。大きな波を迎えたばかりのそこは蠕動を続けていて、緩やかな抽送でも身体がビクビクと跳ねてしまうほどだ。

「……あっ、あ、あ……っ！　も、もう、やめ……あ……っ」

「今夜は花を使わずに君を抱く。たっぷり蕩かせておかないと、君に負担がかかってしまう」

「あ、あ……大丈夫、だから……それ、やめ……あぁ……っ！」

尖らせた舌先で、再び敏感になった花芽を突かれる。もう少しで絶頂を迎えられる、と思った直後、指がずるりと引き抜かれてしまった。

茫然と目を瞠って見返すと、ヴァルタルは指にまとわりつく愛蜜を舐め取りながら身を起こした。

まさかここで終わりなのか。疼く下肢を持て余し、レーナは知らず、物欲し気な目を向けてしまう。

こちらに見せつけるかのように愛蜜を舐め取る舌の動きが、妙に艶めいていてドキリとし、目を離せない。

ヴァルタルはレーナから一瞬たりとも目を離さないまま、寝間着を脱いだ。これもまた、レーナに見せつけるようにゆっくりとした動きだ。

衣服を纏って（まと）いるときは理知的で凛とした印象が強いのに、全裸になるとほどよく鍛え（きた）られた引きしまった身体が野性的に感じられる。室内の明かりで陰影がつき、息を呑むほど艶めいても見えた。

全裸になったヴァルタルが、レーナに迫る。下肢の中心で反り返った雄々しい男根をみとめ、レーナは息を呑んだ。

今夜、心も身体も彼と結ばれるのだ。

「レーナ」

呼びかけてくる低い声が少し掠れている。レーナは恥じらいながらも目を伏せて頷いた。

「来て……ください」

自分からこんなことを言うのは、はしたないとわかっていても、自然と口にしていた。

以前は、花の抗い（あらが）ようのない力に流されなければ、口にできなかった。けれど今は、素直に口にしていい。

（私が、ヴァルタルさまのものになりたいと……願っているから）

ヴァルタルがとても幸せそうに笑った。その笑顔をみとめて、レーナの心も満たされる。

無意識に両手を伸ばし、ヴァルタルの首に絡めて引き寄せた。彼が応えて身を被せ、くちづけてくる。

どちらからともなく舌を絡め合い、抱きしめ合う。ただくちづけて抱きしめ合っているだけで、とても幸せだ。レーナは思わず微笑む。

直後、ヴァルタルの両手が膝を押し上げ、足をそっと開かせた。熱く潤った蜜口に、亀頭が押しつけられる。

ヴァルタルが腰を揺らし、亀頭を蜜口に擦りつける。入ってきたげなのに、進んでこない。しばらくは愛蜜を纏わせるように、蜜口を肉竿で擦るだけだ。

時折亀頭が花芽を強く擦り、その刺激で身体の奥が疼く。どうして入ってこないのかと涙目で見返すと、唇をわずかに離してヴァルタルが甘く微笑んだ。

「愛しいレーナ……僕が欲しいか？」

淫蕩（いんとう）な声で囁きながら、ヴァルタルの左手がレーナの下腹部に触れる。平らなそこは、奥に子宮がある位置だ。

（……私の、一番奥……ヴァルタルさまだけが触れられる場所に、欲しい……）

女としての本能だろうか。それだけで、きゅんっ、と腰の奥が疼く。

新たな蜜が蜜口を濡らし、その熱を感じ取ってヴァルタルが嬉しそうに嘆息した。

「こんなに熱く濡らして……僕が欲しいんだな、レーナ」

言わせたがっていると、わかる。レーナは羞恥を飲み込み、小さく頷いた。

羞恥で失神しそうだが、今はヴァルタルに自分の気持ちを伝えたい。

(だって、ヴァルタルさまはずっと私に気持ちを伝えてくださっていたから)

だがヴァルタルは不満だったようだ。少しばかり顔を顰める。

「僕がわかるよう、ちゃんと言葉にして教えてくれ。君が本当に心から僕を求めているのだと……僕ばかりが求めているものではないのだと、実感したい。お願いだ、レーナ……」

ああ、とレーナは申し訳なさに胸を痛める。ヴァルタルのためを思って拒み続けてきた行為が、今、彼を不安にさせているのだ。

(ヴァルタルさまのためと思っていたけれど……結局私の心が弱かっただけ。その弱さが、ヴァルタルさまをこんなに傷つけてしまった)

羞恥を呑み込み、レーナはヴァルタルの頬を両手でそっと撫でる。ただそれだけで、彼は身を震わせた。

緑の瞳をじっと見つめ、レーナは言った。

「ヴァルタルさまが欲しいです。愛しています、ヴァルタルさま……！」

ヴァルタルが低く呻いた。直後、蜜口に触れていた亀頭が、ぬぷぷ……っ、と中に押し入ってくる。

一番太い部分が入り込む圧迫感に身が強張ったものの、蜜壺は嬉しげに震え、肉竿に吸いつく。ヴァルタルは深くレーナを抱きしめながら、腰を一気に押し進めた。

「……レーナ……っ!!」

「……ああっ!!」

蜜洞の上側を強く擦りながら挿入され、レーナは感じ入って高い喘ぎを零す。根元まで入り込んだ肉竿は、脈打って熱い。

受け入れるのは二度目だ。初めてのときは花の効果のせいで快楽ばかり優先していた。

だが今は。

(ヴァルタルさまのもの、が……私を、押し開いている……)

蜜壷がミチミチとヴァルタルのかたちに押し開かれているのがよくわかる。そして濡れ襞はそれを悦び、もっと奥に入ってきて欲しいと肉竿に吸いついていた。

最奥の、子種を受け止める入口も同じく蠢いているように感じられる。

(私のすべてが、ヴァルタルさまを求めている)

ヴァルタルが大きく息を吐いた。

「……すま、ない……っ。大丈夫か……っ?」

頬を撫でられて、身を震わせる。レーナも熱い息を吐き出し、頷いた。

「だ……大丈夫、です……」

「そうか。……なじむまで……こうしていよう……」

ヴァルタルはレーナを包み込むように抱きしめたまま、動かない。

互いの温もりが伝わる心地よさやたまらない安心感もあるのだが、なぜかとても物足りない気持ちになる。

もっと深く、溶け合うように抱き合いたい。そのためにどうすればいいのか、本能が教えてくれる。

目が合うと、互いに自然と唇を寄せて、くちづける。舌を絡ませ、深く唇を重ねていると、どちらからともなく腰を揺らし始めた。

「……ん……っ」

レーナの足が、少しだけ開く。ヴァルタルが腰を掴んで引き寄せ、奥を優しく亀頭で突いてきた。

「……ん、んん……っ」

甘い刺激が快感を連れてくる。レーナはくちづけに応えながらヴァルタルの首に絡めた腕に力を込めた。

ヴァルタルの腰の動きが、徐々に激しくなる。始めこそレーナの反応を窺って優しく緩やかに突き上げていたが、すぐに荒々しく欲情をぶつけてくるような強い抽送に変わった。

胸を押し潰すように上体を重ねられ、湿った肌がぶつかり合う音をさせながら貫かれる。最奥を重く貫く抽送にレーナは次第に応えられなくなり、彼の思うままに揺さぶられた。

「……あ……っ!!」

指で見つけられた感じる場所を、膨らんだ先端が突いてくる。ひどく感じてビクビクと身体が震え、レーナは思わず唇を離して逃げ腰になった。

すぐさまヴァルタルが指を絡めるようにして両手を握り、シーツに押さえつける。さらに上体を押し被せられれば、自然と足がこれまで以上に開いてしまった。

「あっ、あっ、あ……っ‼」

抽送に合わせ、切れ切れに喘ぎが上がる。ヴァルタルも興奮した呼吸を隠さず、喘ぐレーナの表情を見つめながら腰を打ち振り続けた。

「レーナ……レーナ、愛している。愛している……！」

何度も愛の言葉を囁かれながら貫かれると、絶頂がやってくる。驚くほど早い。

「私、も……私も、愛しています、ヴァルタルさま……！」

「レーナ……‼」

レーナの手を離し、ヴァルタルが膝立ちになる。

大きな両手がレーナの細腰を掴んだ。自然と下肢が浮く。

挿入が深くなり、レーナは大きく目を瞠った。先ほどよりも奥を刺激されて、身体の戦慄きが止まらない。連続で達する。

「……あっ、あぁ……ま、た、私……っ、い、ちゃ……」

目の前で光が明滅するような感覚が、レーナの全身を包む。どこに触れられても小さな絶頂をすぐに迎えてしまうというのに、ヴァルタルは抽送を一切止めないまま、ふいに花芽を指で押し潰した。

「……ひ……っ‼」

強烈な快感を逃すことができず、レーナは腰を仰け反らせて達する。ぎゅうぎゅうと蜜壷が男根を締めつけ、ヴァルタルが息を詰めた。

「……く、う……っ」

低く呻きながらも果てはしない。締めつけに逆らい、再び強靱な抽送を続ける。

まだ達したばかりで落ち着いていない蜜壷を容赦なく攻め立てられ、レーナは狂ったように喘いだ。

「ああっ、ヴァルタルさま……っ、私、私……ああっ‼」

「僕を、一番奥で受け止めるんだ……そう、もっと蕩かせてあげるから……」

親指でぐりぐりと花芽を押し揉みながら、ヴァルタルは腰をせり出して律動を繰り返す。立て続けに強い快感を与えられ、レーナは淡い涙を零しながら首を左右に振った。

「い、や……駄目……お、かしくなるか、ら……も、もう……いっ、て……‼」

「……これは……たまらないおねだりだ、な……」

ヴァルタルが、ふっ、と小さく笑う。色めいた笑みをみとめれば、それだけで再び達した。

「……そ、んなに……僕の子種が、欲しい……か……っ」

ヴァルタルが達しなければ、この悦楽は終わらない。気が狂ってしまう前にとレーナは懸命に頷く。

「……欲しい、です……ヴァルタルさまの、子種……私に、くだ、さ……」

最後まで言わせず、ヴァルタルがずんっ!! と奥を貫いた。

子宮口を押し広げる亀頭の圧迫感に、レーナは声にならない喘ぎを上げ、また達する。愛蜜が溢れ出し、繋がった場所を熱く濡らした。

ビクビクッ、と過ぎる快感に打ち震える間も与えられない。欲情に完全に呑み込まれたヴァルタルが、激しく腰を打ち振ってくる。

「……あ、いって……私、いってる、の……に……あぁ……っ」

縋るものを求めてヴァルタルの腕を掴むが、抽送は止まらない。がつがつと奥を突かれ、乳房が合わせて激しく揺れ動く。

「レーナ……愛しい僕のレーナ、もう絶対に離さない……!!」

「……ああっ!!」

ずうんっ、と最奥を貫いて、ヴァルタルが達した。どくどくと熱い精が放たれる。

ヴァルタルは栓をするように腰を強く押しつけたまま、動かない。

注ぎ込まれる熱は戦くほど多かった。レーナは全身を震わせ、その熱を受け止める。

(ヴァルタルさまのが……たくさん……)

そのまま意識を失いそうになったが、蜜壷の中に収まったままの肉竿はすぐに精力を取り戻す。ヴァルタルは内圧を下げるように大きく息をつくと、小さく笑った。

「……ああ、しまった……まだ、萎えない……」

おいで、と繋がったまま抱き起こされる。亀頭の当たる位置が変わり、それだけで新たな絶

頂を迎えてしまった。

「……あ、あぁ……っ」

「どこもかしこも敏感になっているんだな……」

背筋を撫でられ、片方の耳朶を舐められただけでも震えてしまう。ヴァルタルはレーナを自分の膝の上に座らせた。

（あ……こ、れ……駄目……）

自重も手伝い、正常位から貫かれたときよりも奥が亀頭で刺激される。ならば少し腰を浮かせて刺激を弱めようとしても、力が上手く入らない。ヴァルタルはレーナの身体を片腕で支え、緩やかに上下に揺さぶり始めた。

新たに与えられる律動から逃れようとすると、後ろに倒れてしまいそうになる。慌ててレーナはヴァルタルの首にしがみついた。

揺さぶりで引きしまった胸板に張った乳房と尖った乳首が擦られ、気持ちがいい。

「……あ……ヴァルタル、さま……っ」

「すまない。もう少しつき合ってくれ」

ヴァルタルはレーナの顔を見つめながら、規則正しく腰を突き上げる。蕩けながらも敏感になっている蜜壷は、レーナの本心に応え、肉竿を嬉しそうに締めつけた。

「……く、う……なんて、締めつけだ……僕のものが、食いちぎられそう、だ……」

ひどく感じ入った声でヴァルタルが呟く。その声もたまらなく色っぽくてゾクゾクする。

それが蜜壷にも伝わり、また強く締めつけてしまう。ヴァルタルが微苦笑した。

「……参った。これだけで、果ててしまいそうだ……！」

ヴァルタルがレーナの臀部を掴み、激しく揺さぶり始めた。倒れないように首に抱きつき、揺れる足が自然と彼の腰に絡む。

「ヴァルタルさま、これ……深、い……！　あ……胸、駄目……っ」

突き上げながらヴァルタルが乳房に吸いつき、舌で乳首を弄り回す。さらに背筋も指先で悪戯を仕掛けるようになぞられ、レーナは再び達した。

「……あ、あぁぁ……っ!!」

ヴァルタルの頭をかき抱き、全身を激しく戦慄かせる。一度精を吐き出したせいか、ヴァルタルはまだ達しなかった。

ヴァルタルが小さく笑った。

「君一人だけ達してしまうなんて、僕が寂しい。……今度は僕と一緒にいってくれ」

力がもうほとんど入らない身体を、今度は仰向けに倒される。ヴァルタルは両膝を掴んで繋がった場所が見えるほど大きく足を開かせると、ずんずんと腰を打ち振ってきた。

再び正面から貫かれ、レーナはシーツに頭を擦りつけて仰け反る。

ヴァルタルが今度はレーナの両手首を掴んで引き寄せる。奥を貫かれる快感から逃げられない。そして両腕の間で乳房が押し出され、律動に合わせて揺れる様がとてもいやらしい。

ヴァルタルが動くたび、ぐちゅぐちゅと淫らな水音が上がる。今はそれすらも快感に繋がった。

「……あああぁっ!!」

大きく仰け反った直後、また絶頂を迎えた。間を置かず、ヴァルタルも腰を一層深く打ちつけ、胴震いする。そして再び熱い精を吐き出された。

もう受け止めきれなかったようで、繋がった場所からこぷり、と、白濁(はくだく)が溢れ出してしまった。ヴァルタルが不満げに嘆息する。

「……零れてくるなんて……すべて飲み干してもらわないと……」

ヴァルタルが男根を引き抜く。溢れ出た白濁を指で拭い取ると、それを蜜口に塗りつけ、中に押し込んだ。

「あ、あ……今、駄目っ、触らないで……あぁ……っ」

達してひくついているそこにヴァルタルの指が触れると、また小さな波がやってきて感じてしまう。

身体が快楽でおかしくなったようだ。花の効果以上の感じように戸惑うが、それはヴァルタルも同じらしい。

「……花に触れていないのに……まだ、君が欲しい……」

少し萎えた男根をヴァルタルは掴み、数度扱く。たったそれだけで、濡れそぼった肉棒は再び力を取り戻した。

復活の早さにレーナは絶句するが、こちらも蜜壷から新たな蜜が零れ出して、乾く様子がまったくない。

ヴァルタルが再び入り込んでくる。固く太いそれに挿入時は息を呑むものの、欲望のままに動かれれば快感しか感じられなくなる。押し潰すように身を重ねられ、唇を貪られながら最奥を抉られる。

息が止められそうなほどの深い繋がりだが、今は悦びしか感じない。それどころか、体位を変えるときに肌の温もりが少しでも遠のくと、とても寂しく思えてしまうほどだ。

「……や……ヴァルタルさま、離れない、で……」

強い快楽を与えられ続け、喉から零れる懇願は掠れている。ヴァルタルは嬉しそうに笑い、きつく抱きしめてくれた。

「ああ、離れない。何があってももう手放さない」

頼りがいのある胸に顔を埋めて、レーナは何度も頷く。離さないで、と返そうとして、言い直す。

もう願うだけでなくていいのだ。

レーナはヴァルタルの背中に腕を回した。広い背中はとても抱きしめきれないが、気持ちは伝わっているはずだ。

「私もヴァルタルさまを離しませんから……っ」

ヴァルタルがレーナの唇に深くくちづけたあと、嬉しそうに笑って頷いた。

【第七章】

喉の渇きを覚えて、目覚める。全身がひどく怠い。

レーナは低く呻いて起き上がろうとしたが――できなかった。裸のままのヴァルタルに抱きしめられていて、動けない。

どうしてヴァルタルがここにと一瞬恐慌状態になるが、穏やかな彼の寝顔で昨夜のことを思い出す。

（そうだ、私……昨夜、ヴァルタルさまと……）

昨夜、ヴァルタルと身も心も結ばれたのだ。彼の想いが嬉しくて、これまでつれなくしていた申し訳なさと、彼の想いに応えたい気持ちでずいぶん大胆になっていたような気がする。

（私、ヴァルタルさまを離さないと言ったような……！）

とんでもない束縛の言葉も口にしたような気がする。あんな宣言を聞いたら、不快になるのではないか。

レーナはヴァルタルの顔を改めて見た。

寝顔は穏やかだ。かつて、あの孤児院で一緒に眠っていたときのように。

自然と愛おしさが込み上げてくる。ヴァルタルの腕の中でレーナは手を伸ばし、額に乱れ落ちている前髪を丁寧に払ってやった。

しばし寝顔を堪能していたが、いつまでも裸でいるわけにもいかない。身支度を整えて、ヴァルタルのために湯の準備をしよう。

サイドテーブルにある置時計を確認する。いつもならばもう執務室で仕事を始めているか、王城に到着している時間だ。

だが腕の力は緩まない。びくともしない。何とかしてヴァルタルの腕から逃れようと渾身の力を込めても駄目だ。

（ほ、本当に眠っていらっしゃるのかしら……）

するると、目を閉じたままで彼が言った。

「僕を離さないと言ったのに、離れようとするのか」

慌てて見返すと、彼の目がゆっくりと開き、こちらを見つめた。

「……ち、違います。ヴァルタルさまのお世話をしようと……その、入浴してさっぱりしたいでしょうし、お腹も空かれたでしょうし……」

「僕のことは気にしなくていい。君がよければ、もう少しこうしていたい」

甘い言葉にドキリとしながらも、レーナは頷いた。羞恥はあるが、ヴァルタルの温もりは心地よい。

ヴァルタルが髪や頬や首筋に時折戯れのくちづけを与え、身体を優しく撫で回した。だが昨夜の余韻がまだ身体のあちこちに残っていて、淫らな気持ちになってしまいそうだ。

「あ、あの……っ！　さ、触っては駄目、です……っ」

「どうしてだ」

「ヴァルタルさまが欲しくなってしまうからです……。ごめんなさい……」

ヴァルタルが軽く目を瞠る。すぐに嬉しそうに低く笑い、レーナを組み敷いた。

そのまま胸に吸いつかれ、膝で足を割られて驚く。

「妻の求めに応じるのは夫の務めだ。君を可愛がらせてくれ」

「だ、駄目です……!!　こ、こんな明るいうちからなんて……」

ぴたりと動きを止め、ヴァルタルが真顔で問いかけた。

「夜ならばいいのか」

「……え？　た、多分いい……と思います……」

「わかった。ならば陽が落ちたらすぐにしよう」

それも何か違うと思うが、どう説得すればいいのかわからない。

そんな甘いやり取りを交わしながら入浴し、身支度を整え、遅い朝食兼昼食をとる。まだ気怠さが抜けていなかったせいでフォークを落としてしまったら、ヴァルタルが食べさせてくれた。

　とても恥ずかしいのだが、給仕の使用人はまったく表情を変えずいつも通りだ。

　食後のデザートには卵をたっぷりと使ったプリンが出された。

最終的には、食べさせづらいからとヴァルタルの膝の上に座らされている。しかも、カラメルソースが口端についてしまうと、ペロリと舐め取られた。

以前にもこんなことがあったようなと真っ赤になりながらも窘めても、ヴァルタルは気にしない。それどころかソースを舐め取るついでにと、深いくちづけも与えられてしまう。

加えて同じプリンを同じスプーンで食べてしまわれ、何だかとても気恥ずかしい食事だった。

プリンを食べ終えた頃合いに、ミカルがやってくる。さすがにもう膝の上では駄目だと移動しようとするものの、ヴァルタルは離さない。

姿を見せたミカルは驚くこともなく、それどころかどこか嬉しそうだ。

「とても楽しそうで何よりです」

「ああ。これでレーナをいつでもどこでも可愛がることができる。……とても、長い時間がかかったな……」

しみじみとした口調で言うヴァルタルは、本当に嬉しそうだ。その様子を見ると、彼の愛撫に恥ずかしがって拒むことが罪にも思える。レーナは羞恥を飲み込み、少し躊躇ったあと、そっと彼の胸に頭をもたせかけた。

ヴァルタルがますます嬉しげに笑って、頭頂に頬擦りする。ミカルは今にも涙を零しそうなほど喜んだ。

「ヴァルタルさまが心から愛する方とこうして過ごしておられる様子を拝見できて、とても嬉しいです……！」

二人が喜ぶ笑顔を見ると、レーナも嬉しくなった。

これからはずっと、ヴァルタルの傍にいられる。しかも、使用人としてではなく、妻として。

（でも浮かれては駄目よ。やらなければならないことはたくさんあるし、何よりも……）

最も優先すべきは、前ローセンブラード伯爵夫妻が殺害されたことを明るみにし、罪人に罪を償ってもらうことだ。レーナは表情を引きしめ、ヴァルタルを見返す。

ヴァルタルはレーナのこめかみにちゅっ、と軽くくちづけてから言った。

「わかっている。君が名実ともに僕の妻になるのは、前ローセンブラード伯爵夫妻のことを完全に解決させてからだ」

レーナは強く頷いた。

彼らが自分の両親だと言われても未だ実感はできていない。それでも彼らがいてくれたから、自分は生まれた。そしてヴァルタルに会えた。それは感謝できる。

だが両親の死の原因を明るみにすること――本来ならそれは、娘である自分がしなければならないことだ。ヴァルタルにばかり負担をかけるのは申し訳ない。

何か手伝います、と言おうとするより早く、ヴァルタルが言った。

「駄目だ。危険だ」

「……ま、まだ何も言っていません……！」

「顔を見ればわかる。君は荒事に慣れていない。罪を暴かれると、罪人は何をするかわからないんだ。保身のために、何の関係もない者を突然殺すこともある。僕のために、君は安全な場所で結果を待っていて欲しい」

「ですがそれは……本来、私が動かなければならないことです。私も何か……」

「その気持ちだけで充分だ。レーナ、僕の我が儘をどうか聞いてくれ。お願いだ」

懇願されると、もう何も言えなくなってしまう。レーナが頷くと、ヴァルタルは満足げに目を細め、唇に優しいくちづけを与えてくれた。

そしてレーナを片腕に抱いたまま、ミカルに言った。

「早速イクセルに手紙を書こう。会いたいから時間を作ってくれ、とな」


来訪の手土産を準備し、ヴァルタルはミカルとともにローセンブラード伯爵邸に向かった。

会いたいと手紙を出せば、イクセルは都合はそちらに合わせるとすぐに了承の返事をくれた。尻尾を懸命に振っている犬の姿が連想できるほど、媚びた文面だった。

冷めた目で手紙を破り捨て、日程を決めた。それが今日だ。レーナは頼んだ通り、屋敷で待っていてくれる。

(君に、僕の醜い姿は見せたくない)

可愛いレーナ。ヴァルタルを幼い頃から変わらずに愛してくれるレーナ。彼女に真の姿は見せたくない。

レーナはヴァルタルを完璧な人間だと思っている。王弟になったことでその敬愛はますます強くなっていた。

苦難を乗り越え、身分に分け隔てなく愛する者をいつまでも愛し続ける男。そして、兄のために尽力し、外敵を退けるために知も武も鍛え続けている男。それがレーナの中で形作られているヴァルタルだ。

可愛いレーナの理想を必要以上に打ち砕く必要はない。自分の本性を知って、レーナが遠ざかってしまうのならば、死ぬまで――いや、死んでからも彼女の理想の男で在り続けてやる。

イクセルは嬉しげな顔を隠さず、ヴァルタルを応接間で迎えた。相変わらず無駄に財を知らしめる趣味の悪い応接間だ。

ヴァルタルは金銭に目がくらむことが一切ない。これまでヴァルタルに擦り寄ってきた者たちがことごとく失敗してきた方法だとわかっているだろうに、少しは考えないのか。

そういった意味では、まだヴィクトリアの方が賢い。ヴァルタルが好まない方法を採らないよう、一度失敗してからは考えて動いている。

応接間に、ヴィクトリアの姿はなかった。どうしたのかとイクセルに問いかける。

「申し訳ございません。娘は昨夜から少し風邪気味のようで伏せっておりまして……ヴァルタルさまに移してはいけないと、部屋にこもっております。お会いできないことをとても残念がっておりました」

「すぐにつれて来い」

威圧的な低い声でヴァルタルは言う。イクセルはいつもと違う様子に少し驚いたようだったが、すぐに自分の都合のいい理由を思いついたらしい。

「それほど娘に会いたいとは……とても嬉しいことです。ようやくヴァルタルさまも誰が妻に相応しいのか、おわかりになっていただけたようで……」

身のほど知らずな言葉が、たまらなく不快にさせる。ヴァルタルはイクセルを鋭く見据えた。

凍てついた視線を受け止め、イクセルが小さく息を呑む。

ヴァルタルを不快にさせたことを理解できても、自分の発言のどこに原因があるかはわかっていない。愚かな男だ、とヴァルタルは心の中で拳を握りしめる。

「ヴィクトリア嬢にも何度も伝えているが、僕は僕が愛した者しか妻にするつもりはない」

「ですが、やはり立場に相応しい者は必要です。いくらヴァルタルさまが心から愛している者であっても、貴族の大多数が納得できる者でなければ奥方になる方がとても苦労されるかと……その点につきましても、我が娘には文句を付けるところがありませんせん。家格、品位、教養、すべてにおいて我が娘を越える者は、今はおりません。ヴァルタルさまがお困りになるときも、きっと娘の存在が助けとなりましょう」

ミカルがぴくり、と頬をひくつかせる。ヴァルタルはせせら笑った。

「それはつまり、僕の生まれが王弟としては不十分だという警告か」

「……そのようなことは決して……！　ですが、ヴァルタルさまがお母上のことでご苦労されたことを私はよく存じ上げているつもりです。ともに陛下をお支えする者として、ヴァルタルさまの憂いを取り除いて差し上げたいと思っているだけです」

（そしてその恩を無理矢理着せようとしている）

確かにまだヴァルタルの生まれを嘲る者もいる。だがそんな相手は実力で黙らせてきた。

「ヴァルタルさまがとても愛情深い方だということはよく存じ上げております。娘を愛せなくても構わないのです。娘もローセンブラード伯爵家の跡継ぎ娘として、自分が何をしなければならないかよく理解しています。ですから、お飾りの妻でもいいのです。娘も承知しています。ヴァルタルさまは娘をただ迎え入れ、心から愛されている方とお過ごしになればよろしいのです」

後ろに立つミカルから、不快感が伝わってくる。ヴァルタルは無言だ。

（この男は、自分の娘を手駒としか思っていない）

レーナとだけしか家族になりたくないと思っているのに、ヴィクトリアをお飾りの妻として受け入れられるわけがない。それはレーナに対して最も失礼な行為だ。同時に、ヴィクトリアに対しても。

「何度も繰り返すが、僕はヴィクトリア嬢を受け入れるつもりはない。僕が愛するのはただ一人、レーナだけだ」

「ですがその方はどこの生まれかもわからない方で……」

「――前ローセンブラード伯爵のご息女で、正当なるローセンブラード伯爵家後継者だ」

その言葉に、イクセルが笑顔を貼りつけたまま身を強張らせた。

「……何のことでしょう。兄夫婦に子供はおりましたが、事故の際、生まれてすぐに死んだと報告を受けております」

「だがご息女は生きていた。お前に前ローセンブラード伯爵夫妻を始末するように依頼されたと、雇った者たちからの証言を得ている。実行犯もこちらで『保護』しているぞ」

「何のことやらさっぱり……」

イクセルは少々青ざめたが、笑顔はまだ残っていた。

「そうか。ならばこれを」

ヴァルタルは背後のミカルに片手を差し出す。懐から取り出した小箱を、ミカルが渡した。

大皿や茶器の隙間にそれを置く。何なのか見当もつかないようで、イクセルは訝しげに眉を寄せ、すぐに手に取らなかった。

「開けてみろ。お前への手土産だ」

「……ありがとうございます」

意図がわからないながらもイクセルは礼を言って小箱を手に取り、蓋を開ける。

直後、声にならない悲鳴を上げて小箱をテーブルに放り出した。幸い中身は綿に丁寧に押し包まれていて、零れ出すことはない。

ヴァルタルが嘆息した。

「人が持ってきた手土産を突然放り出すとは、礼儀がなっていない」

「そ、それが手土産とは……いったいどういうお考えで……!!」

「よく見てみろ。お前も見覚えのあるもののはずだ」

ミカルが小箱を取り上げ、改めてイクセルに差し出す。だがイクセルは恐怖に震えたまま顔を背け、受け取ろうとはしない。それでもヴァルタルの命に従い、何とか小箱の中身を見る。

綿に包まれているのは、男の耳だ。耳朶には耳飾りのように入れ墨が彫ってある。海賊の短刀を模したマークだ。

この耳の持ち主が関わっていた組織の印だ。組織に属する者は、身体のどこかにこの入れ墨を入れている。

この組織について、ヴァルタルが指揮を執って調査をしている。前ローセンブラード伯爵夫妻殺害に加担した事件以外にもこの組織が様々な凶悪事件に関わっているだろうことは、耳の持ち主を締め上げてわかっていた。兄王の治世を平穏なものにするため、この件が片付けば本格的に掃討作業に入るよう、部下たちに指示している。

イクセルの頬が引きつった。だがすぐに笑顔を浮かべ直す。ぎこちない笑みだった。

「申し訳ございません。何を仰っているのかわかりませんが……」

「この耳の持ち主は、お前から前ローセンブラード伯爵夫妻の殺害依頼を請け負った。組織は万が一の依頼主側の裏切りを考慮し、依頼の帳面を付けているそうだ。そこに、お前の名がしっかりと記されているらしい」

イクセルが息を呑む。ヴァルタルは口角を上げた。

「この組織は兄上の治世を揺るがすものだ。これをきっかけに、組織を壊滅させるため、僕自身が動く。そのきっかけをくれたことについては感謝しよう」

「……で、では、私の処遇は……」

ヴァルタルの礼で、イクセルが色めき立った。減刑を期待しているようだ。

ヴァルタルは心中で嘲笑した。

（なぜ僕がそんなことをしなければならない？　本当ならば僕の愛しいレーナが手にするはずだったものを、不当に奪った者だというのに？）

今すぐこの手で刺し殺してやりたい気持ちはある。だが、一瞬で命を奪うのは容易い。そんな楽な死に方をこの男に許すつもりはなかった。

「包み隠さずすべてを話すのならば、死罪にはならないよう手配しよう」

「……そうですか……それはどうもありがとうございます……!!」

イクセルがテーブルの上のケーキナイフを手にし、皿や茶器をなぎ倒しながらヴァルタルに襲いかかってきた。もうあとがないとわかっているからこその、考えのないがむしゃらな攻撃だった。

ヴァルタルはその場を動かず、迫り来るケーキナイフの先端を見据える。どこか勝ち誇った笑みを浮かべ、イクセルが力任せにそれを振り下ろした。

醜悪な笑みだ。とてもレーナと血の繋がりがあるとは思えない。

ナイフの先端は、ヴァルタルの鼻先寸前で止まった。素早く回り込んだミカルが、イクセルのナイフを持つ腕を背後から掴んでいる。反対の腕は背中にひねり上げていた。

ひねり上げた方の手首辺りで、鈍い音が上がる。イクセルが悲鳴を上げた。関節技を決められ、イクセルの瞳が大きく見開かれた。そんな痛みは、おそらく初めてなのだろう。

（傷つける者のほとんどは、傷つけられる者の痛みを知らない）

ミカルがイクセルをテーブルの上に押さえつけた。ナイフを握った方の腕は、肩の関節を外す。イクセルの悲鳴が、さらに高く上がった。

主人の声を聞きつけて、何があったのかと使用人たちがやってくる。室内の様子を見ると、困惑と戸惑いの声を上げた。

ヴァルタルは彼らに命じた。

「ヴィクトリアを連れてこい」

鋭い声に扉付近にいた使用人が震え上がりながらも頷き、慌てて命令に従う。ミカルはイクセルの襟からクラヴァットを外し、それで手早く彼の両手首を背中でひと纏めに縛った。最中、イクセルはヴァルタルへ呪詛の言葉を連ねていた。使用人たちは主人の暴言に青ざめ、動けない。

ヴァルタルは軽く嘆息した。

「黙らせろ。僕の耳が穢れる」

ミカルが頷き、イクセルの首筋に鋭い手刀を打ち込んだ。イクセルが白目を剥き、失神する。死んだとでも思ったのか、使用人たちが悲鳴を上げて腰を抜かした。

（殺すわけがない。そんな楽な死を、この男に許すつもりなどない）

収容所に閉じ込めて、過酷な労働を始めとする様々な刑に従事させ、もう生きていたくないとまで思わせなければ気が済まない。

だが、とヴァルタルはイクセルを見下ろす。

この男が兄夫婦の殺害を実行しなければ、ヴァルタルはきっとレーナと出会えなかった。その事実だけには感謝している。

（だから、殺して欲しいと言うまでは生かしてやる）

ヴィクトリアは、死罪にはできないだろう。現時点では彼女をそこまで追い詰められる罪がない。大人しく従うのならば、爵位をはく奪し、平民に落とすのが妥当なところだ。それで生きていけなくなるというのならば、それまでだ。

だが、父親にどれだけ加担したのかは確かめなければ。

（それがレーナを傷つけることになっているのならば、僕の手で裁かなければならない）

使用人の足音が近づいてくる。ヴィクトリアを連れてきたのかと思いきや、室内に飛び込んできた彼女は真っ青な顔で言った。

「お、お嬢様がいらっしゃいません……!!」

何だと、とヴァルタルは呻く。

ヴァルタルが来訪することを知っていて、身を隠す理由は何だ。父親がしたことをヴィクトリアもある程度は認知していて、捕まらないように逃げたとでもいうのか。

そんなことをしたところで、逃げきれないことはわかるはずだ。ヴィクトリアは父親ほど馬鹿ではない。

ハッ、とヴァルタルは息を呑む。まさかと思うと同時に、身体は動いていた。

「ヴァルタルさま⁉」

呼び止めるミカルに、ヴァルタルは振り返らず言った。

「屋敷に戻る！　レーナが危ない‼」

応接間を飛び出し、玄関を出てすぐのところで待っていた馬車に駆け寄る。御者（ぎょしゃ）が驚きの声を上げた。

「いったいどうされたのですか⁉」

「屋敷に戻る！　馬を‼」

突然の怒鳴りつけるような命令に御者は慌てふためいたものの、すぐに馬の輓具（ばんぐ）を外す。身軽になった馬にヴァルタルは飛び乗った。

鞍（くら）もついていないが、気にしない。その程度で落馬をするほど、無能ではない。

ヴァルタルは手綱（たづな）を操って馬を最速で走らせる。

「すまない。急いでくれ！」

ヴァルタルの必死の声に馬は高くいななき、さらに速度を上げた。

ローセンブラード伯爵家に向かったヴァルタルとミカルのことが心配で、どうにも落ち着かない。話をつけたらすぐに戻ると言い置いていったものの、ことは殺人事件についての追求だ。おそらくイクセルは実行犯ではないだろうが、この事件を起こした張本人である。罪を追求され、ヴァルタルにどんなことをしてくるかわからない。

本心は、ヴァルタルについていきたかった。何かあれば盾くらいにはなれる。だがレーナがイクセル側に捕らえられ取引材料になってしまったら、元も子もない。そう根気強く説得され、屋敷に留まることにしたのだ。

今日ばかりは勉強も手につかないと、バーリー女史に休ませて欲しい旨を伝えてある。今は心を落ち着かせるため、室内をぐるぐる歩き回っていた。

（ああ、どうかヴァルタルさまたちが無事に帰ってきますように……!!）

様子を伺いに来たティルダが苦笑した。

「レーナさま、大丈夫ですよ。ヴァルタルさまはお仕事柄、こういった交渉には慣れておいでです」

「わかってはいるけれど……でもやっぱり心配で……!!」

「ヴァルタルさまの妻となれば、こうした事態にも慌てず落ち着いて対応することも求められるようになるかと思います。これを練習の場としてはいかがでしょうか」

ティルダの言葉にレーナはハッとする。

確かにその通りだ。いずれ女主人として、この家を守らなければならない。

ヴァルタルが不在のとき、彼の帰る場所を守ることが一番重要な仕事になるのだ。それはバーリー女史の教えの中にもあった。

「ありがとうございます、ティルダさん。そうですよね……その通りです」

ふう、と深く息を吐き、レーナは笑った。

「少し庭を散歩してきます」

ヴァルタルのことを心配するあまり、周りが見えなくなっている気持ちを入れ替えたい。そう続けると、ティルダも笑顔で頷いた。

「わかりました。戻ってこられたら、お茶にしましょう」

ティルダに見送られ、庭に出る。

今は薔薇が盛りだ。庭には蔓薔薇が絡みつくアーチを連続して設置し、回廊のようになっている場所がある。

甘い薔薇の香りが心地よいそこは、レーナの散歩コースに入っていた。

時折足を止めて、薔薇を堪能する。

波立っていた気持ちが少し落ち着いてきた。ガサリ、と前方で音がしたのはそのときだった。

何気なく音に目を向けたレーナは、直後、軽く目を瞠った。使用人のお仕着せを着て、豪奢な金髪を首の後ろで一本の三つ編みにしたヴィクトリアがいた。

使用人の格好をしていても、存在感が隠しきれていない。どこからどう見ても、ヴィクトリアだ。

なぜ使用人の格好をしているのか。いや、そんな格好でどうしてこの庭にいるのか。困惑し、レーナは立ち尽くす。

ヴィクトリアが微笑んだ。

「ごきげんよう、レーナさま」

そして、社交場で会うときと同じ挨拶をしてくる。思わず同じ挨拶を返そうとしたとき、ヴィクトリアが後ろに回していた手をこちらに見せた。

その手に、短銃が握られていた。

「……っ⁉」

銃口は真っ直ぐレーナに向けられている。予想もしていなかったものを目の当たりにし、次にどうすればいいかわからない。

ヴィクトリアは微笑みを絶やさずに言った。

「レーナさま、もう少しこちらに来ていただけませんか。少し遠いですわ」

近づいたら狙いがさらに定まるということか。恐怖のあまり自然と従ってしまいそうになるのを堪え、レーナは言った。

「お話ならば、ここで。ヴィクトリアさまの声はきちんと聞こえています」

かすかに声は震えていたが、はっきりと言う。ヴィクトリアはレーナの反応に少し驚いたのか、軽く眉を上げた。

「ずいぶんと落ち着いていらっしゃいますのね。これが何なのか、きちんとおわかりになっていらっしゃいますか」

「わかっています」

レーナは踵に力を入れ、真っ直ぐヴィクトリアを見返した。

落ち着いて、冷静に——そう自分に言い聞かせてから続ける。

「ヴィクトリアさま、どうしてこんなことをなさるのですか。私を殺しても、ヴァルタルさまはもうすべての答えに辿り着いています」

「ええ、そうでしょうね……」

「伯爵がなさったことにどれだけあなたが関わったかによって、罪の重さも変わります。ここで私を殺しても、ヴィクトリアさまの罪が重くなるだけです。だからどうか、早まったことはなさらないで」

「——罪が重くなっても構わないとしたらどうでしょうか」

馬鹿な、とレーナは目を見開く。その足元に、銃弾が撃ち込まれた。

銃声が響き、レーナは身を竦ませる。足先ギリギリの位置を銃弾が抉っていた。

「ヴィクトリア、さま……」

「私、完璧な令嬢であれと父に育てられましたの。それはもう厳しく……なぜここまでされなければならないのかと、幼心に父を恨むほどでした。父は私を権力者に差し出すため、彼らに求められるように私を厳しくしつけたのです」

じりっ、と一歩退く。だが再び足元を撃たれ、レーナは再び動けなくなる。

無意識に胸元を押さえていた。服の下にある、ヴァルタルから与えられたロケットペンダントを。

「完璧な令嬢と呼ばれるようになり、私の商品価値は最大に高まりました。そんなとき、ヴァルタルさまが王弟として復帰されました。私を嫁がせる相手としてヴァルタルさまが一番いいと、父は判断しました」

そこに、ヴィクトリアの意思はない。

レーナは息を詰める。何とも思っていない相手を夫にしろと言われ、受け入れられるのだろうか。いや、ローセンブラード伯爵家ほどの家格の令嬢ならば、愛などなくとも嫁がなければならない。自分の夫となる人を親に決められてしまう辛さは、それなりのものだろう。

もしも自分がヴィクトリアだったらどう思っただろうか。

（親が自分の人生を好き勝手に操ることに、怒るのかしら。仕方がないことだと諦めて受け入れるのかしら）

――わからない。

少なくともレーナには身分差による悲しみや憤りの経験はあっても、近しい大人たちが未来を阻むような勝手はしなかったからだ。

（私はずっと身分があればいいなと思っていたわ。そうすれば、ヴァルタルさまに相応しい者になれると思ったから。でも、そうじゃない……）

地位も財も名誉も家格も、レーナからすれば何もかも持っているのに、ヴィクトリアは満たされていないのだ。

だが、それがどうしてレーナを殺害する行為に繋がるのかがわからない。殺害すれば罪は重くなり、利点が何もない。

銃口をわずかに揺らすこともせず、ヴィクトリアは続ける。

「子供は親を選べません。生まれ落ちた場所で与えられた役目をこなすだけです。ですがヴァルタルさまとお会いして、私は初めてときめきというものを覚えました」

「……レーナさま……⁉」

銃声を聞きつけたのだろう。ティルダたちがやってくる。

レーナに向けられた銃口とそれを構えるヴィクトリアをみとめ、ティルダたちは慌ててその場に留まった。ティルダがヴィクトリアを刺激しないよう、そっとレーナの傍に近づいた。

「……私は大丈夫です。今はヴィクトリアさまを刺激しない方がいいと、思います……」

恐怖で身体が強張りそうになる、踵に力を入れて耐える。

これからヴァルタルとともにこの屋敷で皆と過ごすのだ。彼がいないとき、皆を守るのは自分の役目だ。悪意を持った誰かが屋敷に侵入してくることもあるかもしれない。

「ヴィクトリアさま、どうか考え直してください。これ以上罪を重くする必要はないはずです」

ヴィクトリアを刺激しないよう、気をつけながら言う。彼女は小さく頷いた。

「ええ、わかっていますわ」

よかった。話せばわかってくれそうだ。だがレーナの期待は直後に打ち砕かれた。

「ですがこうでもしないと、なぜか気持ちが収まらないのです。なぜヴァルタルさまは完璧な令嬢である私ではなく、あなたを選んだのでしょうか。その理由を考えれば考えるほど、とてもイライラします。胸をかきむしりたいような、何かを叫び出したいような気持ちになります。……あなたを、私の目の前から消してしまいたくなります……」

落ち着いた柔らかい声で紡がれる言葉の奥に、彼女自身も完全に理解できていない感情の揺らぎが見え隠れしているのがわかった。どう説得すればいいのか、見当がつかない。

ヴィクトリアのかたちのいい唇が、ゆっくりと弧を描いた。その笑みは美しく、同時に華やかだ。

「この気持ちのまま生きていくのはとても辛いのです。ですからどうかレーナさま、私のために死んでください」

とんでもない理屈を当然のことのようにヴィクトリアは言った。

ヴィクトリアが引き金に掛けた指に力を込める。自分の後ろに立つティルダたちに当たらないよう、レーナはほとんど無意識に両腕を広げ、自らの身体を盾とする。

ヴィクトリアの笑みが、さらに深まった。直後、発砲する。

ティルダが使用人たちの上に身体を被せ、皆で屈み込んだ。撃たれることを覚悟して、レーナは身を強張らせる。

レーナに覆い被さる影があったのは、そのときだった。

「――レーナ‼」

（……ヴァルタルさま⁉）

痛いほどきつく抱きしめられた温もりと纏うフレグランスの香りが、ヴァルタルだと教えてくれる。

なぜ彼がここにいるのか――そう思うと同時に、ヴァルタル越しに衝撃が伝わってきた。

それとともにヴァルタルの重みも加わり、レーナは危うく崩れ落ちそうになった。だが真っ青になって耐える。

慌てて顔を上げようとするが、ヴァルタルが後頭部を押さえつけて許さない。絶句すると、鼻先を強い血の匂いが掠めた。

見れば、ヴァルタルの脇腹から血が滲み出している。レーナは悲鳴をかろうじて飲み込む。

「……ヴァルタル、さま……っ」

「僕は大丈夫だ。君は？」

必死に何度も頷くとヴァルタルは心底安心した息を吐いて、レーナを片腕に抱きながらヴィクトリアに向き直った。

そのときにはティルダがヴィクトリアを地面に押しつけ、後ろ手に押さえつけている。彼女の短銃は遠くに蹴り飛ばされていた。

激しい抵抗をするかと思ったが、ヴィクトリアは茫然と目を見開いてされるがままになっていた。ヴァルタルが注意深く彼女を見下ろす。

緑の瞳は、震え上がるほど冷たい。ヴィクトリアはそれを見返したまま、凍りついたように動かない。

　出血は止まる様子がなかった。早く手当てをしなければと思うのだが、ヴァルタルの立ち姿に揺らぎはなく、レーナも離さなかった。

　ヴァルタルはレーナを片腕に抱いたままで、ヴィクトリアに歩み寄る。ざ……っ、と土を踏みしめて、彼女の頭の先で立ち止まった。

「イクセルは前ローセンブラード伯爵夫妻殺害容疑で、拘束した。これから然るべき処置を経て、余罪等も調べていくことになる。君は、父親の悪事を知っていたのか？」

　ヴィクトリアは一度、唇を強く引き結んだ。どう答えるべきかを瞬時に考え、けれど諦めたのか嘆息する。

「知らされたのは、つい最近のことですわ。レーナさまの身体にある痣のことを話したら、何か心当たりがあったようで、急にレーナさまのことを調べ始めたのです。私にも、レーナさまがご両親のことを何か知っているのかどうかを探るように命じました」

　ここ最近、何かとレーナにまとわりつき、友人面していたのはそのせいだったのか。

「イクセルが命じたのはそれだけか？」

「はい」

　嘘を言っているようには見えなかった。ヴァルタルはますます冷ややかに彼女を見下ろす。

「ならばレーナを殺す理由はなかったはずだ。それをしたのはなぜだ」

　ヴィクトリアは答えない。

ヴァルタルの纏う空気が、さらに凍てつく。やり取りを見守る者たちも息を呑んだ。

しばし待ってみたものの、ヴィクトリアは何も言わない。ヴァルタルの右足が上がり、ヴィクトリアの顔の横すれすれを踏みつけた。頬を踏みつけられることはなかったものの、地面に広がった三つ編みはヴァルタルの靴底で踏みにじられた。

「答えろ。なぜ殺す理由もないのに僕のレーナを殺そうとした?」

ヴィクトリアは口を噤んだままだ。どこか縋りつくような表情で、ヴァルタルを見返す。だが彼の視線にも態度にも、温情の欠片はなかった。ヴィクトリアは軽く嘆息して、言った。

「そうしなければ、私の心に平穏が訪れないからです」

「それは父親のためでも家のためでもなく、お前自身のためか?」

ヴィクトリアは微笑んで頷く。

「ええ、そうです。……初めて知る感情です。レーナさまが私の目の前から、私のいる世界から、ヴァルタルさまの傍からいなくならないと……私の心はいつも優れず気鬱になり、早くレーナさまを殺したいと願うのです。レーナさまがいない世界を想像すると、それはとてもとても素晴らしい世界に思えるのです」

ぞくり、とレーナの背筋が寒気に震えた。

ヴィクトリアが抱いた感情は、恐らく嫉妬だろう。ヴァルタルと出会い、彼に惹かれ、彼に恋をした。だがヴィクトリアはこれまで完璧な令嬢であれと教育され、彼女自身もそうあろうと努力したからこそ、恋する気持ちというものがわからないのだ。

だから、嫉妬もわからない。わからないのに、自分にとって害となるものを排除しようとする心はある。何か、見てはいけない恐ろしいものを見てしまったような気がした。

抱き寄せてくれるヴァルタルの腕に、力がこもった。恐らくは彼もレーナと同じ恐ろしさに気づいたのだろう。

「今回の件に関して、実は君が一番の罪を犯したのだと僕は確信した。僕のレーナを傷つけた罪は、きちんと背負わせる。君がその罪を償うことによって、僕のレーナを害そうとする者が二度と現れないように」

地面に頬を落として、ヴィクトリアが目を伏せた。彼女はどこか疲労感の滲む笑みを浮かべただけで、何も言わなかった。

ティルダにヴィクトリアの処置を任せると、ヴァルタルは主治医を呼ぶように近くにいた使用人に命じた。それを機にレーナたちも恐慌状態から我に返り、大急ぎでヴァルタルのために動き始める。

ヴァルタルに肩を貸し、なるべく傷に障らないよう気をつけながら寝室に付き添う。ヴァルタルは大丈夫だと安心させる笑顔を浮かべて何度も言うが、とてもそうは思えなかった。

寝室に運ぶと応急手当ての心得のある家令が待っていて、ヴァルタルを横たわらせると服を脱がせる。とはいえ、まだ出血している傷だ。服は鋏(はさみ)で切り、剥(は)ぎ取る。

レーナは使用人とともに湯や着替え、包帯やガーゼなどを用意した。ヴァルタルは心配しすぎだといつも通りの表情だ。

「このくらいの傷で死ぬほど柔ではない。……ある意味、慣れているんだ」

少し言いにくそうに続けられた言葉で、レーナは気づかされた。王弟となってから、命のやり取りも日常茶飯事だったのだと。

抱かれているときは蕩ける愛撫に包まれて、彼の身体に残る古傷に気づけなかった。だがこうして改めて見れば、いくつかの傷痕があった。腹部や背中など、日常生活では傷に気づけない場所だ。

暗殺、という言葉がその傷痕から連想され、レーナは泣きそうになる。

一人で——いや、ミカルたちがいてくれたのだろうが、ヴァルタルは過酷な戦いを続けていたのだ。

(ヴァルタルさまにこれ以上新しい傷がついて欲しくない)

「レーナ、本当に大丈夫だ。そんな顔をしないでくれ」

主治医の手当てを受けたヴァルタルが半身を起こす。半裸の腹部にきつく巻きつけられた包帯の白色が痛々しい。

ヴァルタルの片手が、レーナの頬に触れる。

指先は少し冷たい。傷のせいで貧血気味なのだ。

レーナはその手を両手で包み込む。自分の温もりが、移るように。

「……レーナ？」

ヴァルタルが訝しげに呼びかけてきた。レーナは微笑み、彼の肩をそっと押してベッドに横たわらせた。

「さあ、もうお眠りください。睡眠は一番の薬です。それでなくともヴァルタルさまは普段から働きすぎですよ」

言いながら掛け布を肩まで引き上げる。主治医と使用人が一礼し、退室した。

レーナは枕元に運んだ椅子に座り、ヴァルタルの手を改めて握る。

「ずっとお傍にいますから……ずっと、ヴァルタルさまのお傍に」

（死ぬまで。いいえ、天の国へ行ってからもずっと）

言葉の奥に込めた想いをヴァルタルは受け止めてくれる。そして蕩けるほど甘い笑みを浮かべ、自分の隣の位置の掛け布を軽く持ち上げた。

「ならば君の場所はここだ」

レーナは顔を赤くして小さく頷き、空けられた場所に潜り込む。ヴァルタルがすぐさまレーナを抱き寄せた。

傷に響かないように気をつけながら、レーナも身を寄せる。ヴァルタルがレーナの手を握りしめてきた。

レーナも応えて自ら深く指を絡め、強く握り返した。もう絶対に離さないと、伝えるように。

【終章】

銃創の出血が止まると、ヴァルタルはすぐに動き始めた。前ローセンブラード伯爵夫妻の事故死が殺人事件だったことを明るみにし、今はそれを裁判にかけるための準備をしている。

イクセルはヴァルタルの部下が現在、尋問している。ヴィクトリアも収容所に囚えられ、どれだけ父親に手を貸したのかを調べられているという。イクセルは少しでも減刑されるよう画策する発言をしているが、ヴァルタルの部下にそんな小手先の技は通じない。

尋問によって余罪をすべて明るみにし、イクセルが関わっていた闇組織を潰したあとは――前ローセンブラード夫妻殺害の罪で、彼は斬首が決まっている。それをあえて伝えず、ヴァルタルの部下たちはイクセルの甘い言葉に耳を貸すふりをして、彼が持つあらゆる情報を絞り出しているとのことだった。

ヴィクトリアはレーナの殺害未遂の罪が一番重いという。父親に手を貸した罪はほとんどないが、王弟の妻となる者を殺めようとした罪に温情をかけては兄王の面子に関わるとヴァルタルは言う。

ヴァルタルはヴィクトリアの爵位をはく奪した。彼女は平民として裁かれることになる。

このことは貴族社会で知らぬ者はいないほどの噂になり、様々な意見が交わされた。

レーナの耳にも意見は入ってきた。だがレーナはヴァルタルの決断が正しいものであったと思っている。

ただ、そこまでする必要がないという意見もあったことに驚いた。

イクセルは当主の座を求め自らの手を汚さずに兄夫婦を死に至らしめた。ヴィクトリアはヴァルタルの妻になるため、レーナを撃ち殺そうとした。どちらも、自分の欲のために他者の命を奪おうとしたのだ。その罪に死罪が重いとでもいうのか。

ヴァルタルの判断を、レーナと同じ理由で国王は認めている。この事件により、たとえ高位貴族であっても正しく罰が下されることが貴族社会に知らしめられた。地位や財産によって犯罪を見逃すことはないと警告した。

それが傲慢な貴族たちへの抑止力となる。ヴァルタルの意図は、そこに集結しているのかもしれない。

レーナは正式な手順を踏んでローセンブラード伯爵令嬢に返り咲いた。同時にヴァルタルとの婚約も発表され、伯爵令嬢としての地位を確立したあと、すぐに婚儀が行われることになっている。

ローセンブラード伯爵家は今、ヴァルタルが信頼している部下によって管理され、レーナとの間に生まれた子を跡継ぎとして迎えることになった。

レーナはノルデンフェルト公爵邸に留まったまま、バーリー女史やティルダたちの助けを借りて、婚儀の準備をしている。気づけばもう二週間後にはヴァルタルとの結婚式だ。

今日は完成したウェディングドレスが届き、最後のサイズチェックが行われた。何も問題はなく、あとは当日までこの部屋に保管される。

レーナの代わりにトルソーがドレスを纏い、窓から入り込む光を受けてドレス自体が淡く輝いているように見えた。

（不思議な感じだわ……）

物心ついた頃から、ただの平民で、それどころか親もなく孤児として育ってきた。それが今、古き歴史を持つローセンブラード伯爵令嬢として復権し、二週間後には王弟ヴァルタルの妻となる。

持たざる者だった。だが今、持てる者となった。それでも生き様の根本は変わらない。

扉が優しくノックされ、ヴァルタルが姿を見せた。ウェディングドレスを見ると、少々不満げに顔を顰める。

「試着は終わってしまったか。君が僕の妻になる証の姿を、早く見たかったのだが」

王城での仕事を終え、急いで戻ってきたのだろう。朝、早く帰ってきたいからと馬車ではなく馬で行ったくらいだ。前髪に風を受けた乱れがあり、レーナは近づいてきたヴァルタルのそこを指先で優しく整えてやった。

「申し訳ございません。当日まで楽しみにしていてください。ヴァルタルさまには、つ、妻として完成した姿を見てもらいたいのです」

背後に回ったヴァルタルの腕に、優しく包み込むように抱きしめられる。温かく、安心する場所だ。

「お帰りなさいませ、ヴァルタルさま」

「ああ、ただいま」

レーナのこめかみに軽くくちづけ、ヴァルタルは言った。

「僕の愛しいレーナは、何か思い悩むことがあるようだ。……また、僕の妻にはなれないなどと言うのか？」

レーナは慌てて首を左右に振って苦笑する。もうそんなことは口にできない。

「二度と、そんなことは言いません。どんなことがあっても、ヴァルタルさまを離しません」

「ああ、そうだ。僕も君を何があっても離さない」

肩越しに振り返ると、唇に優しいくちづけが与えられる。すぐに舌が口中に入り込んできて、熱く激しいくちづけに変わった。

心が蕩ける愛情に満ちたくちづけのせいで、膝が崩れ落ちそうになる。ヴァルタルが後ろから支えてくれ、レーナは自然と彼の胸にもたれた。

「それで、何を思いわずらっていたんだ？」

「悩んでいたわけではないのですが……その、何だか不思議な人生だと思って……でも、どんな立場になっても私は私のままでいるのかなと思うと、私は多分、貴族らしい貴族にはなれないような気がしたんです」

「別に構わないだろう。それが君だ。僕の愛しいレーナは、そのままでいてくれていい。僕はそのままの君がいいんだ。僕と一緒に過ごす時間の中で変わっていくことは構わないが……僕のためにと自分に無理をさせてまで変わる必要はない」

ありのままの自分で傍にいてくれればいいと言ってもらえることが嬉しい。レーナはヴァルタルの腕の中で身体の向きを変え、向かい合った。

踵を上げて自分からヴァルタルの唇にくちづけた。ちゅっ、と軽く啄んだあと、微笑む。

「ありがとうございます、ヴァルタルさま。愛して……います」

飾らない愛の言葉を囁くのは、いつまで経っても慣れない。だからどうしても最後は聞こえづらくなってしまうが、ヴァルタルは必ず嬉しそうに笑ってくれる。

「僕も愛している、レーナ」

そのまま上体を倒し、レーナの唇を何度も啄んでくる。

もちろん、啄むだけで満足するヴァルタルではない。レーナの腰を引き寄せ、仰け反ってしまいそうなほど激しいくちづけを与えてくる。

（う、嬉しいけれど……でも、まだ昼間で……!!）

「……ん、ん……ヴァル、タル、さま……駄目……っ。も、もう……それくらい、に……んぅ……っ」

今日は婚儀のあとのお披露目パーティーに出す料理について、料理長たちと最終の打ち合わせをすることになっている。こんなに熱烈なくちづけをされたら、くちづけだけで終われる自信がない。

ヴァルタルに愛されるようになってからレーナの身体は確実に女性として成長し、時折、くちづけだけで蜜口（みつくち）が熱く濡れ、彼のものを欲しくなるときがあるのだ。

まるで、王家の花に触れたときのように。

――王家の花は、ヴァルタルとよく話し合って処分した。今、胸に着けているロケットペンダントの中には、彼の知り合いの画家が描いてくれた彼の肖像画が入っている。

ぺろりとヴァルタルがレーナの唇を舐（な）めて、顔を上げた。まだくちづけしかしていないのに、もう色気に満ちた表情だ。

「身体が熱くなってきた……君も同じではないのか？」

頷（うなず）いてしまいそうになるのを堪（こら）え、レーナは言う。本当は彼の言う通りだが、それを認めてしまったら間違いなく寝室に連れていかれてしまう。

「いいえ、そんなことはありません。それよりも今日はこれから料理長と最終打ち合わせです」

「……そうだった。仕方ない、我慢する。だからもう一度」

駄目です、と言うより早く、ヴァルタルの唇が再びレーナの唇を塞いで甘く味わってきた。

あとがき

初めましての方も、また会えて嬉しいの方も、こんにちは。舞姫美です。

お手に取っていただきどうもありがとうございます。


四六判本は二作目なのですが、今回は挿絵がつく四六判本なので文庫サイズよりもビックな挿絵を楽しみにしながら書かせていただきました。

基本的に私はヒロインへの愛が溢れまくって「色々とアレな」ヒーローばかりを書いているのですが、今回は、気づけば逃げ道を塞がれ、我に返るとヒーローの腕に囲われていて「あれ、私どうしてまたここにいるの?」とアワアワするヒロインのお話となりました。

何しろ今回のヒーロー、ヒロインが生まれてすぐに出会って運命を感じていますから(苦笑)、愛が重いのは当然です。

しかもヒロインがヒーローのためを思って拒んでいるのにまだまだ愛が足りてないと感じてもっと愛を与えようとしていますからね!

くっそ重たいですね。いやいいですね!

最高です。私は愛の重いヒーローが好きです。

そんなアレなヒーロー・ヴァルタルさまと逃げられずに捕まってしまったヒロイン・レーナをイメージ通りに描いてくださった御子柴リョウ先生、どうもありがとうございました！

健気な愛らしいレーナはもちろんたまらなく可愛いのですが、彼女以上にヴァルタルさまがたまらないですよ！　美しい正統派イケメンなのに、笑顔の裏に色々と重たいものを感じます。初登場の笑顔からすでに「逃がさない」オーラーが見えます（あれ私の目がおかしい……？）ゾクゾクしますね！　ぜひ皆様、ご堪能くださいませ。


毎度同じ謝辞になってしまいますが、改めて担当さまをはじめ、今作品に関わってくださったすべての方に、深くお礼申し上げます。

そして何よりもお手に取ってくださった方に、最大級の感謝を送ります。今作品が少しでも癒しとなり、楽しんでいただければ何よりです。

またどこかでお会いできることを祈って。

舞姫美　拝

王弟殿下の求婚から逃げられない
～過度な溺愛はお断りいたします～

2023年7月6日 初版発行

著者 舞 姫美（まい・ひめみ）
イラスト 御子柴リョウ（みこしば・りょう）

編集 J's パブリッシング／新紀元社編集部
デザイン 秋山美保
DTP 株式会社明昌堂

発行者 福本皇祐
発行所 株式会社新紀元社
〒101-0054 東京都千代田区神田錦町1-7 錦町一丁目ビル2F
TEL 03-3219-0921／FAX 03-3219-0922
http://www.shinkigensha.co.jp/
郵便振替 00110-4-27618

印刷・製本 中央精版印刷株式会社

ISBN978-4-7753-2098-3